Im Zeichen der Zauberkugel

Der Fluch des Skorpions

© Pfitzner Consulting & Photography

Stefan Gemmel, geb. 1970 in Morbach, schreibt erfolgreiche Kinder- und Jugendbücher (übersetzt in 24 Sprachen), und leitet auch Literaturprojekte und Schreibwerkstätten für Kinder. Für seine ungewöhnlichen Lesungen, Lesenächte und Workshops, die er in Schulen und Büchereien durchführt, erhielt er zahlreiche Auszeichnungen, darunter »Lesekünstler des Jahres 2011«. Mit dem ersten Band der »Zauberkugel«-Reihe erzielte er wieder einen offiziellen Weltrekord mit über 80 Lesungen in 13 Tagen.

© privat

Katharina Madesta mochte schon immer gern malen, zeichnen und basteln. Studiert hat sie dann in Münster und an der Hochschule für angewandte Wissenschaften in Hamburg. Jetzt lebt sie in Berlin und teilt sich ihr Atelier mit einer Grafikdesignerin, einer Maskenbildnerin und ihrem Hund. Sie hat nicht nur einen riesigen Schreibtisch, sondern auch eine große Sammlung an Farben, Pinseln und Papier und arbeitet mittlerweile für Buchverlage, Magazine und in der Werbung.

Stefan Gemmel

Im Zeichen der Zauberkugel

Der Fluch des Skorpions

Mit Bildern von Katharina Madesta

CARLSEN

Die Zauberkugel-Serie im Carlsen Verlag:
Im Zeichen der Zauberkugel – Das Abenteuer beginnt (Band 1)
Im Zeichen der Zauberkugel – Der ägyptische Zankzauber (Band 3)
Im Zeichen der Zauberkugel – Das Geheimnis des Drachen (Band 4)
Im Zeichen der Zauberkugel – Die Reise ins Ewige Eis (Band 5)
Im Zeichen der Zauberkugel – Die Macht des magischen Zirkels (Band 6)
Im Zeichen der Zauberkugel – Aufbruch in neue Abenteuer (Band 7)
Im Zeichen der Zauberkugel – Der magische Flug durch die Wüste (Band 8)
Im Zeichen der Zauberkugel – Im Tempel der Maya (Band 9)
Im Zeichen der Zauberkugel – Das Rätsel von Atlantis (Band 10)

Mehr unter: zauberkugel.de

PRODUZIERT MIT VERANTWORTUNG

MIX
Papier | Fördert gute Waldnutzung
FSC® C021394
FSC www.fsc.org

Mit Fragen zur Produktsicherheit wenden Sie sich bitte an:
carlsen.de/kontakt

Veröffentlicht in der Carlsen Verlag GmbH
Völckersstraße 14–20, 22765 Hamburg
Dezember 2022

Umschlag- und Innenillustrationen: Katharina Madesta
Umschlaggestaltung und -typografie: formlabor
ISBN 978-3-551-32102-2

Für Eva Pfitzner (Leserattenservice GmbH),
das Multi-Talent unter den Literaturvermittlerinnen,
mit der es eine wahre Freude ist, Lese-Weltrekorde zu erfinden
und auf die Beine zu stellen.

Mehr Informationen auf www.weltrekord-lesen.de

INHALTSVERZEICHNIS

IN DER FALLE

In diesem Buch steckte echte Magie! Da war sich Alex sicher. Wenn er mit den Fingern über die Seiten strich, konnte er es regelrecht spüren. Dann kribbelte es wild in seinem Bauch.

Dieses Notizbuch seines Großvaters war sein größter Schatz im Leben. Neben der besonderen Freundschaft zu Sahli.

Alex saß im Schneidersitz auf dem Boden in Oma Ilses Wohnzimmer und hatte das Buch aufgeschlagen auf seinen Beinen liegen. Seit er es in dem geheimen Zimmer auf dem Dachboden gefunden hatte, wollte er es nicht mehr loslassen. Am liebsten trug er es immer bei sich. Doch er hätte es sofort gegen Opa Aurelius eingetauscht, wenn das möglich gewesen wäre. Gäbe es doch auf all diesen Seiten einen magischen Spruch, mit dem Alex seinen Großvater wieder herbeizaubern könnte. Ihn befreien könnte aus diesem Eisgefängnis, in dem er durch einen Zauber des fiesen Magiers Argus gefangen war. Wieder einmal sah Alex das Gesicht seines Großvaters vor sich.

„Ich werde einen Weg finden", flüsterte Alex und blätterte erneut in seinem Schatz. Er sah sich die Seiten an, von denen nur die ersten vollständig beschriftet waren. Die übrigen schienen leer zu sein. Doch Alex vermutete, dass sie ...

Platsch!

Ein Geräusch schreckte ihn auf. Schnell drehte Alex den Kopf herum, doch er konnte nichts erkennen. Er reckte ein wenig den Hals, als das Buch auf seinen Beinen verrutschte. Alex wandte sich ihm wieder zu und stutzte. Das Buch lag jetzt schräg und das Sonnenlicht, das durch das Fenster hereinschien, warf auf der eigentlich weißen Seite kaum sichtbare Schatten.

Alex strich mit den Fingern darüber. Ja, er konnte es spüren. Irgendetwas war auf dieser Seite.
Alex hob das Buch hoch und hielt es sich so vor das Gesicht, dass das Sonnenlicht von der Seite direkt daraufschien. Und tatsächlich, mit viel Mühe konnte er etwas erkennen. Einzelne Striche, kaum sichtbar.
Er sah Zeichen und als er umblätterte sogar etwas, das ein Tier sein konnte. Vielleicht ein Skorpion oder eine Schildkröte.
Nichts davon war deutlich, sondern so hauchdünn, dass Alex nur raten konnte. Er blätterte weiter. Auch auf der nächsten Seite hob sich etwas vom Papier ab. Möglicherweise ein Katzenkopf.
„Welche Geheimnisse verbirgst du noch?", flüsterte Alex dem Buch zu. „Ich werde ..."
Platsch!
Alex riss die Augen auf. Da war es wieder, dieses Geräusch. Vielleicht ein Käfer? Ein ...
Platsch!
Er verdrehte die Augen. Was war denn nun wieder los? Wollte das heute überhaupt nicht mehr enden?

Dieser ganze Tag war ... war ... Alex suchte nach einem passenden Wort, aber es wollte ihm keines einfallen. Wahrscheinlich gab es unter allen deutschen Begriffen nicht einen einzigen, der beschreiben konnte, was heute alles passiert war.

Platsch!

Da, schon wieder! So langsam, als wollte er es gar nicht genau wissen, hob er den Kopf und schaute zur Decke. In der nächsten Sekunde sprang er auch schon auf und stürmte aus dem Zimmer.

„Oh nein!"

Hastig rannte Alex die Treppe hinauf in den oberen Stock. Er wusste leider ganz genau, woher das Wasser stammte, das gerade von der Wohnzimmerdecke tropfte. Er hastete zur Badezimmertür, riss sie auf und stieß ein erneutes „Oh nein!" in den Raum.

Eine Welle schwappte über seine Füße und in den Flur hinaus. Das Badezimmer war überflutet. Der Boden war ein einziger See. Die Matte, die sonst vor der Badewanne lag, schwamm vor der Toilettenschüssel herum. Auch die Quietscheente, die eigentlich als

Deko auf dem Badewannenrand saß, freute sich über ihre neu gewonnene Freiheit und schwamm munter in dem Zimmer zwischen Waschlappen und kleineren Schaumhügeln hin und her. Aus dem Wasserhahn strömte es in die Badewanne und über den Rand flutete es wieder heraus. Als seien die Niagarafälle in das Badezimmer seiner Großmutter verlegt worden.
In der Wanne saß Sahli freudestrahlend mit der Massagebürste in der Hand und einer Zipfelmütze aus Badeschaum auf dem Kopf. „Du hattest Recht. Dieses Baden ist wunderschön. Es tut so gut!“
„Dreh das Wasser ab!“, schrie Alex ihm zu.
Sahli schaute ihn an, als würde er Alex zum ersten Mal sehen. „Man kann Wasser nicht drehen“, antwortete er überrascht.
„Nein! Du ... das ... Ach!“ Alex platschte mit seinen Füßen durch den zentimeterhohen Badezimmersee und drehte den Wasserhahn zu. Doch das Wasser lief weiter über den Rand der Wanne. Und lief und lief ...
Die Ente schien es zu freuen, Alex allerdings nicht.
„Sahli, was tust du hier?“

„Baden“, kam die Antwort knapp. „So heißt es doch, nicht wahr? Baden.“

Alex verdrehte die Augen. „Ja, es heißt baden. Aber du kannst doch nicht das ganze Zimmer unter Wasser setzen!“

Sahli schaute sich um. „Kann ich nicht? Ich dachte, das gehört dazu. Bei uns gibt es so etwas nicht.“

„Ich weiß!“ Alex' Stimme klang mit einem Mal sehr verzweifelt. „Bei euch scheint es so einiges nicht zu geben. Ich hab vorhin den Fernseher sauber gemacht. Der war von oben bis unten verschmiert.“

Sahli dachte nach. „Fernseher? Ach, du meinst das Fenster mit den hektischen Bildern? Das kann ich dir erklären. Da war etwas Rundes, Kunterbuntes zu sehen. In der Hand eines netten Mädchens. Und irgendjemand sagte: Probiert unser neues Eis! Und weil die Stimme so nett geklungen hat, bin ich mit der Zunge an dieses Fenster ...“

„Fernseher ...!“

„... an dieses Fernseher und habe probiert. Schmeckte aber nach gar nichts. Und in der nächsten Sekunde saß da eine Katze, über die ich versehentlich geleckt hatte, die schmeckte auch nach gar nichts."

„Ja! Ist ja gut! Ich verstehe!" Es fiel Alex schwer sich zusammenzunehmen. „Das alles ist sehr neu für dich und das kann ich ja nachvollziehen. Auch die Sache mit dem Toaster ..."

„Die kleine weiße Kiste mit den Schlitzen oben? Du sagtest heute Morgen, damit kann man Essen warm machen. Und nachher hast du was von glühender Birne gesagt. Deshalb ..."

„Glühbirne!", verbesserte Alex mit zusammengebissenen Zähnen. „Es ist eine Glühbirne. Und die heißt nur so, weil sie hell und heiß wird und die Form einer Birne hat."

„Ich dachte, man steckt einfach Obst in den ... wie heißt das Ding?"

„Ist egal. Ich hab die Matsche rausgenommen. Aus dem Toaster. Ich hab auch alle Lichter im Haus wieder ausgeschaltet und dein Kunstwerk aus Ketchup und Majo von der Kühlschranktür gewischt. Den Speck neben dem Computer hab ich auch weggeräumt."

Sahli lächelte ihn entschuldigend an. „Aber du hast etwas von einer Maus erzählt, die es dort gibt. Und die wollte ich füttern, bevor ..."

Alex gab's auf. „Wir müssen das anders angehen. Noch so ein Tag mit dir und ich hab ein Burn-out."

„Ein was?"

„Egal, hör zu: Dich vor Oma zu verstecken, das ist gar kein Problem. Sie kommt ja nur selten in die oberen Stockwerke ... Aber schon morgen, Sahli, werden wir zurückmüssen. Die Ferien sind vorbei. Nur noch ein Wochenende, dann beginnt die Schule. Mit meinen Halbschwestern Sally und Liv."

Sahli wagte einen weiteren Einwand: „Ich habe übrigens immer noch nicht verstanden, warum es *Halb*-Schwestern heißt. Sie sind doch zwei. Müsste es da nicht Doppel-Schwestern heißen?"

Alex versuchte sich von dem brodelnden Feuerwerk in seinem Kopf nichts anmerken zu lassen. „Darum geht es doch gar nicht. Wir müssen über das Chaos reden, das du hier veranstaltet hast. Wenn das zu Hause passiert, werde ich dich nicht geheim halten können."

Sahli hob eine Hand aus dem Wasser. Sie war schon ganz schrumpelig. „Beruhige dich, Alex. Wir schaffen das schon. Für mich ist alles hier neu und aufregend."
„Ja, aufregend ist es für mich auch." Er seufzte. „Morgen fahren wir wieder zu meinen Eltern und wir müssen doch eigentlich zu Großvater zurück. Zu Argus' Höhle." Er schaute sich in dem Chaos um. „Aber zunächst müssen wir erst einmal diese Sauerei hier verschwinden lassen. Bald kommt Oma wieder, zusammen mit meinen Halbschw..., also mit Liv und Sally."
Sahli stand auf und ließ sich von Alex das Badetuch geben. „Du, ich habe nachgedacht über deinen Großvater. Und ich habe auch schon einen Pl..."
Das Geräusch von quietschenden Bremsen unterbrach die beiden. Sie blickten zeitgleich zum Fenster.
„Liv!", brachte Sahli hervor.
„Sally!", entfuhr es Alex, bevor beide wie im Chor sagten: „Zusammen mit Oma Ilse!"
Schon hörten sie, wie sich die Autotüren öffneten. Und auch die Stimmen der Zwillinge tönten zu ihnen

herein: „Den Rock behältst du bestimmt nicht“, sagte Sally und Liv entgegnete nur: „Wenn er mir nicht gefällt, bekommst du ihn!“

Dann wurden die Autotüren zugeschlagen. Für Alex klang das irgendwie sehr nach einer zuschnappenden Mausefalle.

AM FUSS DES FELSENS

Alles drehte sich. In ihm und um ihn herum. Die Welt wirbelte rechtsherum und sein Magen linksherum. Schnell schnappte sich Argus die Kräuter, die er in einem Beutel an seinem Gürtel befestigt hatte, und schluckte einige davon mit einem einzigen Bissen herunter. Augenblicklich ging es ihm besser.

Er hasste es, seine Wüste zu verlassen. Sein Zuhause, seine Höhle, seine magischen Gegenstände. Dieses Reisen durch Raum und Zeit war so anstrengend! Hätte er doch nur Gelegenheit gehabt, sich vorher einen Tee aufzubrühen. Aber nein, keine Zeit, keine Zeit. Er musste seine Suche beginnen, wenn er den Kampf gegen Sahli wieder aufnehmen wollte.

Argus brauchte Hilfe. So viel hatte er mittlerweile verstanden. Er brauchte neue magische Fähigkeiten. Und die konnte er sich nur hier aneignen. An diesem Ort.

Missmutig stapfte er los und wunderte sich. Seine Schritte fühlten sich ganz anders an als bei ihm zu Hause. Er blickte zu seinen Füßen und lächelte. Wie lange hatte er schon kein Gras mehr betreten. Er blieb stehen und sah sich um. Er war in einer Steppe angekommen. Ein weites Tal erstreckte sich vor ihm, in dem knöchelhohes Gras wuchs. Bäume gab es hier keine, doch immer wieder erhoben sich Sträucher und Büsche aus der Ebene. Diese Mischung aus Grün und Braun war ein interessanter Gegensatz zu dem eintönigen Gelb der Wüstenlandschaft rund um Argus' Heim. Hier wirkte alles wie eine riesige Oase.

Doch er stutzte. Da war noch etwas. Er atmete tief ein. Was für eine wunderbare Luft. Nicht weit von hier musste das Meer sein. Ja, jetzt konnte er es sogar hören. Das Rauschen der Wellen ließ ihn ruhiger werden. Er lauschte für einen Moment dem Gesang des Meeres, diesem Rhythmus, der sich seit Jahrmillionen nicht verändert hatte.

„Schluss damit!“ Argus riss sich selbst aus seinen Gedanken. Er durfte nicht vergessen, warum er hier war. Hastig wandte er sich ab und stapfte mit riesigen Schritten weiter. Sein Ziel war dieser Felsen, den er am Horizont erblickt hatte. Ein riesiger Hügel, der regelrecht verloren wirkte in der sonst flachen Ebene.

„Au! Verflucht!“

Argus war gestolpert. Sein Fuß hatte sich in der dünnen Wurzel eines Strauches verfangen. Und während er noch schimpfte, stieß er auch noch gegen einen Stein.

Er fluchte weiter, während er nun vorsichtiger voranstapfte.

„Hier mag es ja die bessere Luft geben“, grummelte er vor sich hin. „Aber dafür ist meine Wüste aufgeräumter. Steine. Wurzeln. So ein Firlefanz.“ Wieder stolperte er. „Und das alles nur wegen Sahli, diesem kindsköpfigen Kameltreiber! Und seines Freundes aus der modernen Welt!“ Argus kickte wütend einen Stein zur Seite. „Dieser Alex muss das Kind einer doppelzüngigen Schlange und einer vorlauten Krähe sein. Wie sonst hätte er mich überlisten können?!“

Es fiel ihm nicht leicht, doch Argus rief sich alles zurück ins Gedächtnis: Dieser listige, kleine Kerl mit seiner spitzen Zunge hatte Argus eine Falle gestellt und damit Sahli aus seiner Zauberkugel befreit. Ausgerechnet Sahli! Der junge Dschinn, der Argus mit seiner Macht gefährlich werden konnte. Denn Sahli war Argus' eigenes Geschöpf. Und so war ein Teil von Argus' Kraft auf den Jungen übergegangen. Ohne dass dieser etwas davon wusste. Zum Glück. Denn Sahli war so schlau wie ein Fuchs und dabei so hinterhältig wie eine Hyäne.

Und jetzt war eben dieser Sahli auf freiem Fuß. Dabei hatte Argus den vorwitzigen Kerl für alle Ewigkeit einsperren wollen.

„Aber die Ewigkeit ist auch nicht mehr das, was sie mal war“, knurrte Argus, während er langsam einen Blick für die Wurzeln und Steine auf dem Boden entwickelte und nicht mehr so oft stolperte.

„In meinem eigenen Zuhause haben sie mich ausgetrickst. Und beinahe hätten sie sogar Aurelius, den Wissenschaftler, befreit!"
Argus zuckte. Daran wollte er eigentlich nicht mehr denken. Aurelius Baumann. Mit ihm hatte der ganze Ärger angefangen. Der alte Professor war Argus tatsächlich auf die Schliche gekommen. Aurelius hatte Sahli in seiner Kugel in einem Geschäft für antike Lampen entdeckt und sogar den Zauberspruch gefunden, mit dem Sahli befreit werden konnte. Beinahe in letzter Minute war es Argus gelungen, den Professor zu sich zu locken. Ihm eine Falle zu stellen, bevor er Sahli befreien konnte.
Mit dem Enkel war Argus das noch nicht gelungen: Alex, der Argus das Leben deutlich erschwerte. Bis jetzt. Doch das alles würde bald ein Ende haben. Nur deshalb hatte er diese anstrengende Reise angetreten.
Allmählich wurde es Abend. Bald musste er sein Ziel erreichen, dachte er noch, dann blieb er stehen. Ein flackerndes Licht hatte seine Aufmerksamkeit

erregt und gleichzeitig stieg ihm ein Geruch in die Nase: Feuer! Ganz in der Nähe! Argus lächelte breit. Immer schneller lief er nun auf den riesigen Felsen zu. Die Vorfreude trieb ihn an. Die Steine, gegen die er stieß, spürte er nicht mehr. Nur wenige Schritte von dem Felsen entfernt sprang Argus hinter ein hohes Gebüsch, um sich zu verstecken. Er ging in die Hocke, schaute vorsichtig durch die Äste hervor und entdeckte tatsächlich, worauf er gehofft hatte. Den Grund für seine Reise: Unter einem breiten Felsvorsprung, der wie ein riesiges Dach wirkte, konnte Argus eine Feuerstelle erblicken. Und dort, rund um die tanzenden Flammen versammelt, sah Argus die ersten Menschen seiner Reise.

Er lächelte zufrieden. „Den Ausdruck ‚die ersten Menschen' kann man hier wörtlich nehmen", kicherte er in seinen langen schwarzen Bart. „Mein Zauber hat gewirkt und mich genau zu dem Punkt gebracht, den ich ihm befohlen habe."

Bisher war er noch nie in der Steinzeit gewesen. Er fand es faszinierend, diese Menschen zu beobachten.

Es war eine Gruppe von etwa zwanzig, die dicht aneinandergedrängt um das Feuer saßen. Trotz ihrer Felle, die ihnen als Kleidung dienten, schienen sie zu frieren. Und sie versuchten wohl, sich am Feuer gegenseitig zu wärmen.

An den Felswänden hinter diesen Menschen konnte Argus Zeichnungen erkennen. Einfache Striche, mit denen Szenen der Jagd oder des gemeinsamen Lebens in der Gruppe dargestellt wurden.

Die Menschen am Feuer sprachen zwar miteinander, aber Argus konnte ihre äußerst primitive Sprache nicht verstehen.

Die innige Gemeinschaft der Menschen und das warme Licht des Feuers strahlten eine unbekannte Ruhe auf Argus aus. Eigentlich hätte er gedacht, dass diese Menschen in ständiger Gefahr und in dauernder Angst leben mussten. Doch der enge Zusammenhalt innerhalb dieser Gruppe gab den Menschen Mut. Die Szene vor Argus wirkte friedlich auf ihn.

Allerdings erreichte dieser Frieden nicht sein Herz. Im Gegenteil. Argus war von dem Gedanken an seine

Rache erfüllt. Diese Zeit hier war der Übergang von der Altsteinzeit in die Mittelsteinzeit. Und sie war eine Zeit von mächtiger Magie. Es gab Zauber, von denen Argus bisher immer nur gelesen und gehört hatte. Naturverbundene Magie. Mit ihr würde er sich an den Jungen rächen können.

„Ich werde Sahli zurück in seine Kugel zaubern. Und Alex könnte ich zwingen, jahrhundertelang als Bazille zu leben. Als Schnupfen-Virus in der Nase von Sahli. Dann wollen wir doch einmal sehen, wie lange ihre Freundschaft hält, wenn der eine den anderen pausenlos zum Niesen bringt!"

Ihn amüsierte dieser Gedanke und er schlich aus seinem Versteck heraus. Jetzt, in der Dämmerung, konnte er es wagen einen weiteren Schritt auf den Felsen zuzugehen. Doch in diesem Moment trat er versehentlich auf einen Zweig. Es knackte laut und ihm stockte der Atem: Die Menschen am Feuer hatten ihn entdeckt. Sofort hatte das friedliche Miteinander ein Ende, denn die Männer sprangen erschrocken auf, suchten ihre Speere und brachten sich in Angriffs-

position, während die Frauen nach den Händen der Kinder griffen und sie dicht an die Felswand führten, wo sie sich geduckt zusammensetzten.
Argus hielt beide Hände in die Höhe. „Ich tu' euch nichts", rief er ihnen zu. „Ich bin keine Gefahr!"
Die Männer mit den Speeren kamen auf ihn zu. Mit den Spitzen voran kreisten sie ihn ein.
„Nun beruhigt euch", sagte Argus beschwichtigend. „Ich bin doch kein Mammut."
Seine Stimme schien sie nicht zu besänftigen. In ihren Augen funkelte Misstrauen.
Schließlich trat ein Krieger aus der Reihe hervor. Er war riesengroß und muskelbepackt. Seine dichten schwarzen Augenbrauen verbargen seinen Blick nicht ganz. Argus konnte klar erkennen, dass dieser Krieger zu allem bereit war.
Und als sein Gegenüber den Speer in die Luft schwang und ihn mit der Spitze so hielt, dass er Argus mit einem Hieb hätte erledigen können, wurde dem Magier klar, dass es ein furchtbarer Fehler gewesen war hierherzukommen.

KADABRAS MISSGESCHICK

Alex sprang auf die Füße. „Keine Zeit aufzuräumen. Wir müssen es mit einem Zauber versuchen! Wo ist deine Kugel?“

Die Haustür fiel ins Schloss. „Wir sind wieder da“, hörte Alex Oma Ilse rufen und eine der Zwillinge sagte: „Als ob das hier jemanden interessieren würde!“

„Sie dürfen nicht ins Wohnzimmer gehen, Sahli!“, flehte Alex. „Wo ist deine Zauberkugel?“

„Sie badet auch, in der Kugel-Badewanne“, antwortete Sahli, rannte zur Toilette und zog seine Zauberkugel heraus. Sie war patschnass. „In diese wunderbar geformte Schüssel, in die meine Kugel perfekt hineinpasst.“ Er lächelte über das ganze Gesicht. „Hah! Und du sagst, ich hätte keine Ahnung!“

Alex schüttelte sich vor Ekel. „Lass uns später darüber reden. Oder nein: Lass es uns lieber vergessen. Egal. Zaubere! Ich muss dazu ja keinen Wunsch mehr aussprechen, richtig? Das mit dem ‚Drei-Wünsche-Zauber‘ ist doch vorbei, seit wir Argus überlistet haben.“

„Ja, das stimmt“, antwortete Sahli. Er stieg in Sekundenschnelle in seine Hose und setzte sich im Schneidersitz auf den Boden. Die goldene Zauberkugel hielt er mit beiden Händen fest im Griff. Alex durfte jetzt nicht daran denken, wo die Kugel eben noch gesteckt hatte.

Von unten erklangen wieder die Stimmen: „Ich schau mal im Wohnzimmer nach Alex“, sagte die Großmutter.

„Schnell, Sahli. So tu doch was!“

Alex hörte die Schritte seiner Großmutter im Hausflur. Es war zu spät. Gleich würde sie alles entdecken.

Sahli schloss die Augen und sprach seinen Zauberspruch:

„In mir erwacht meine magische Macht,
durch mich, den Dschinn der Kugel, entfacht.
Ich lasse geschehen, was ich in mir vernahm,
ich, Sahlarami Ben Ibdul Haram-Cham-Cham.“

Natürlich geschah erst einmal nichts. Immer geschah anfangs nichts.
„Das war irgendwie falsch“, murrte Alex. „Sonst hast du es anders gemacht.“
„Früher habe ich mit meiner Magie auch nur deine Wünsche erfüllt, Alex. Nun kann ich aber zaubern, ohne dass jemand einen Wunsch ...“
„Pst!“, fuhr ihm Alex dazwischen. Er hatte die Ohren gespitzt und konzentrierte sich auf die Schritte seiner Großmutter, die nun die Wohnzimmertür erreicht hatte. Die Schritte verstummten. „Was ist das denn?“, hörte Alex ihre Stimme. Und damit war klar: Es war aus mit ihnen!

„Eine Rechnung?“, hörte Alex sie ausrufen. Und da verstand er. Oma Ilse war noch nicht an der Wohnzimmertür angekommen, sondern stand vor dem Spiegel im Flur, dicht am Wohnzimmer. Dort, auf einem kleinen Tischchen, lag die tägliche Post.

„Die schicken mir schon wieder eine Rechnung?“, erklang die Stimme der Großmutter erneut und bestätigte Alex in seinem Verdacht. Oma Ilse stand noch im Flur.

Und endlich ... endlich begann Sahlis Zauber zu wirken. Erst zeigte sich ein leichtes Glimmen in der goldenen Kugel, das schnell zu einem hellen Licht heranwuchs. Dann schien es, als ob das ganze Zimmer sich drehte. Schnell und schneller, bis endlich der Zauber nachließ und das Gefühl des Riesenkarussells verebbte.

Alles war still.

Für einen Moment und auch für einen zweiten.

Schließlich erklang ein leises Geräusch: Jemand drückte die Klinke der Wohnzimmertür herunter, um einzutreten.

Alex schloss die Augen. Nein, er hielt sie nicht nur geschlossen, er presste sie zu und drückte sogar beide Hände dagegen. Er wusste nicht einmal, wozu er das machte.

Plötzlich war die Stimme der Großmutter zu hören: „Nein!“, rief sie aus. „Hier ist er nicht.“

Alex nahm die Hände von den Augen.

„Hier liegt nur ein Notizbuch auf dem Boden“, rief Oma Ilse.

Alex hörte auf, die Augen zusammenzupressen.

Nun wagte er es sogar sie zu öffnen. Und tatsächlich: Das Bad sah aus wie vor der Katastrophe. Sogar die Quietscheente war wieder an ihrem Platz. Und alle Handtücher. Und die Waschlappen. Der Boden war trocken, die Schaumhügel verschwunden.

Und von unten hörte er Oma sagen: „Ach nein, das ist nur ein Werbeprospekt.“

„Keine Gefahr mehr“, stieß Alex erleichtert hervor und er musste grinsen, als er sah, dass nun er Opas Notizbuch in der Hand hielt.

„Keine Gefahr“, bestätigte Sahli, dem die

Erleichterung ebenfalls anzusehen war. So schnell es ging, schlüpfte er in seine restliche Kleidung.
Und mit einem Mal kam auch wieder Leben in Alex: „Dann los! Wir müssen dich verstecken. Auf dem Dachboden. Bevor Oma Ilse etwas bemerkt! Am besten nimmst du deine Kugel und ..." Er blickte darauf. „Sie leuchtet ja immer noch", stellte er überrascht fest.
Nun sah auch Sahli verdutzt aus. „Das verstehe ich nicht."
„Egal!", riss sich Alex selbst aus der Überraschung. „Darum kümmern wir uns später. Am besten spülst du die Kugel erst einmal unter heißem Wasser ab."
Schon stürmte Sahli an das Waschbecken und drehte das Heißwasser auf. Er tat artig, was Alex verlangte. Auch wenn er nicht wusste, wozu das gut sein sollte, hatte er die Kugel doch gerade erst gewaschen. Und vor allem verstand er nicht, warum die Kugel nach wie vor leuchtete.
„Dieses ewige Versteckspielen tut mir leid", erklärte Alex. „Natürlich würdest du lieber woanders wohnen

als immer nur auf dem Dachboden. Aber das wird sich auch bei uns zu Hause nicht ändern. Wenn wir morgen bei meinen Eltern ankommen, dann ...“

„Still!“ Sahli legte einen Zeigefinger vor seine Lippen. „Ich hör etwas!“ Er stellte das Wasser ab und im gleichen Moment wurde die Tür aufgerissen.

„Ach, nee“, sagte Liv oder Sally. „Wen haben wir denn da?“

„Wow! Alex und Sahli“, sagte Sally oder Liv. „Versteckt ihr euch im Bad?“

Alex war genervt. „Könnt ihr nicht euren Kleiderschrank vollquatschen?“

„Pah, das macht doch nicht so viel Spaß.“

„Der guckt auch nicht so doof wie ihr beiden!“ Sie lachten.

Alex hob beide Hände in die Höhe. „Seid doch nicht so laut. Wenn Oma euch hört!“

„Keine Angst, wir haben vorgesorgt“, gab eines der Mädchen lachend zur Antwort.

Und in Alex keimte ein Verdacht auf. „War das eure Idee?“

„Was meinst du wohl, wer Oma Ilse die Rechnung von gestern wieder vor den Spiegel gelegt hat?“, kicherte eines der Mädchen.
„Wir haben schon von draußen durch das Fenster das Wasser von der Decke im Wohnzimmer tropfen sehen“, sagte die andere und fuhr fort: „Und uns war klar, dass bestimmt wieder Sahli ein Problem mit der Zivilisation hat.“
„Und da haben wir eben ein bisschen nachgeholfen! Mit der Rechnung, über die sich Oma gestern schon geärgert hat. Bin gespannt, wann sie es bemerkt ... Hihi ...“
Alex staunte. „Wow – äh, ich meine: danke!“
Nun trat Sahli einen Schritt vor und stellte sich genau zwischen die Zwillinge und Alex. „Was ist eigentlich los mit euch?“, fragte er. „Immer liegt ihr im Streit und im Zank.“
Mit einem Mal fühlte sich Alex wie ertappt. Er bekam ein schlechtes Gewissen und wusste gar nicht genau, warum. Und der Blick auf die betretenen Gesichter der Zwillinge zeigte ihm, dass es ihnen wohl genauso ging.

Alex stammelte vor sich hin. „Ich weiß auch nicht. Ihr seid immer so fies gewesen. Und ..."
„Wir?" Die beiden Mädchen waren entsetzt.
„Du hast nur dumme Sprüche für uns übrig."
„Du nennst uns immer Zwei-Komponenten-Bombe."
Alex hob einen Finger. „Ich? Aber ... oh ...!" Schon zum zweiten Mal fühlte er sich ertappt. „Aber ..."
Eins der Mädchen winkte ab. „Na, lass mal gut sein!"
Und damit drehten sie sich um und gingen davon.
Alex wandte sich an Sahli: „Du, entschuldige. Aber da muss ich wohl hinterher."
„Ich komme mit!", rief Sahli und folgte Alex.
Aus dem Zimmer der Zwillinge tönte die Musik genauso laut wie die schimpfenden Stimmen der beiden. Alex klopfte vorsichtig an. „Hey, wenn ihr derselben Meinung seid wie ich – also, dass wir mal reden sollten – dann warte ich in meinem Zimmer. Okay?"
Die Jungs verzogen sich in Alex' Zimmer, doch es brauchte keine Minute, da standen die Zwillinge in der Tür.

Eines der beiden Mädchen begann und seine Stimme klang sehr misstrauisch. „Alex, wir haben das Gefühl, dass du gar nicht versuchst, uns zu verstehen. Du interessierst dich gar nicht für uns.“ Alex wollte schon widersprechen, doch da stellten die Zwillinge sich nebeneinander auf, Schulter an Schulter, und eine sagte: „Wer ist wer?“

Alex riss die Augen auf. „Was?“

„Los, sag schon: Wer von uns ist Liv und wer ist Sally? Wenn du das nach zwei Jahren Zusammenleben nicht hinbekommst, brauchen wir auch nicht zu reden, klar?“

Alex verzweifelte. Er war noch nie gut darin gewesen, Mädchen zu verstehen, aber bei dem hier wurde ihm schwindelig. Er hatte ein Friedensangebot gemacht und ...

„Wir meinen das ernst!“, kam es bestimmend von den Zwillingen herüber.

Also atmete Alex tief ein und gab sich einen Ruck. Er betrachtete die beiden. Sehr genau. Dann sogar von allen Seiten. Doch selbst wenn er um seine Schwestern herumging, fiel ihm nur eines auf: Sie waren einfach identisch. Sie sahen aus wie ihr Spiegelbild.

Sahli machte einen Schritt auf die Zwillinge zu. „Darf ich ihm helfen?“

Eines der Mädchen schüttelte den Kopf. „Aber nicht zu viel. Du darfst ihm einen Hinweis geben!“

Sahli nickte und sagte: „Alex, nicht nur das Äußerliche beachten!“

„Super Tipp“, lobte eins der Mädchen.

Doch Alex sah das ganz anders: „Also, das ist ein super Tipp? Nun ja ...“ Noch einmal besah er sich die Mädchen genau. Und dann fiel ihm etwas auf. Etwas, auf das er so noch nie geachtet hatte. Er stellte sich vor die beiden und sagte zu der Linken: „Du bist Liv.“

Dann drehte er sich zu der anderen Schwester um und sagte: „Und du bist Sally!“

Als er in die erstaunten Gesichter blickte, wurde ihm klar, dass er Recht hatte.

Und tatsächlich, die Zustimmung schlug ihm in Form einer Frage entgegen: „Wie hast du das herausbekommen?“

Alex fühlte sich wie ein Wissenschaftler, als er auf Livs Hände zeigte: „Du warst gerade sehr aufgeregt, oder?"
Sie nickte.
„Und immer, wenn du aufgeregt bist, dann trommelst du leicht mit den Fingerspitzen auf deiner Handfläche. Guck!"
Liv musste lachen: „Klasse! Das stimmt."
Alex strahlte über das ganze Gesicht. „Immer vor den Auftritten mit unserem Schulchor trommelst du mit den Fingern. Oder auch letztes Jahr vor Weihnachten, da hast du mich ganz nervös gemacht, als wir auf die Geschenke gewartet haben."
„Cool gelöst!", lachte jetzt auch Sally. Und in diesem Moment zeigte Alex mit dem Finger auf sie. „Und das ist typisch für dich: Während Liv versucht, vor allem deutsche Worte zu benutzen wie ‚klasse' oder ‚stark', benutzt du immer noch die amerikanischen wie ‚cool' oder ‚wow!' – stimmt's?"
Sally nickte. Sie war sehr beeindruckt. „Dann kennst du uns also doch ein bisschen?"
„Tja, das wusste ich bis eben auch noch nicht."

Sie lachten. Und in diesem Moment kam Kadabra, die schwarze Katze, herein und machte ein überaus mürrisches Gesicht, aber das war ja eigentlich immer der Fall. „Na toll, was kichert ihr hier so rum? Ihr habt keinen Grund zur Freude, glaubt mir …"
Alex schaute ihr zu, wie sie mit erhobenem Schwanz durch sein Zimmer stolzierte. Sie war früher schon immer recht launisch gewesen, doch seit Sahli sie verzaubert hatte, war es noch viel schlimmer geworden. Alex blickte ihr in die Augen. Er wusste, dass er diese Frage lieber nicht stellen sollte: „Wie meinst du das?"
Ohne eine Antwort zu geben, wandte sich die Katze um und ging den Freunden voraus. Und als Kadabra die Treppe zum Dachgeschoss ansteuerte, ahnten alle vier, dass ihnen eine böse Überraschung bevorstand.

IM ANGESICHT DER SPEERSPITZEN

Argus blickte voller Angst in die Augen des entschlossenen Steinzeitkriegers. Die Hand des Magiers glitt zu dem Edelstein an seinem Gürtel. Es blieb ihm keine Wahl. Er musste sich wehren und ...

Der Krieger senkte plötzlich den Speer und schaute Argus interessiert an. Sein Blick wanderte zu dem Edelstein, nach dem Argus gerade hatte greifen wollen. Das glitzernde Schmuckstück schien ihn zu interessieren.

In diesem Moment wurde Argus klar, dass er einen großen Fehler begangen hatte. Alles an ihm musste diesen Menschen Angst machen. Sein langer Bart, sein rot-goldener Umhang und auch der Turban auf seinem Kopf. Alles das war ihnen völlig fremd, deren Kleidung aus den Fellen der Tiere bestand, die sie bei der Jagd erlegt hatten. Sie trugen ihre Haare ungeordnet und meist in Locken auf dem Kopf. Viele Männer hatten einen Vollbart, doch nicht so sauber geschnitten wie Argus' langer Bart. Er musste diesen frühen Menschen völlig fremd und dadurch gefährlich vorkommen, als sei er nicht von dieser Welt.

Argus nahm langsam die Hand von dem Edelstein an seinem Gürtel. Er musste anders vorgehen. Er trat einen Schritt zurück und begann sich langsam auszuziehen. Er legte seine Kleidung auf dem Boden ab und auch den Turban, bis er nur noch mit seinem Lendenschurz und seinen Schuhen bekleidet vor der Gruppe von Steinzeitmenschen stand. Bloß seinen Gürtel mit dem magischen Edelstein hob er wieder auf und legte ihn an. Ohne diesen besonderen Stein fühlte er sich nackt und kraftlos.

Die Krieger um ihn herum schienen seine Geste verstanden zu haben. Die Speere wurden zurückgezogen. Und ebenso wie von dem muskulösen Krieger, der Argus gegenüberstand, wurde er nun von allen mit neugierigen Blicken gemustert. Manche streckten auch die Finger aus, berührten interessiert mal den Magier, mal dessen Kleidung. Auch der Edelstein an seinem Gürtel wurde immer wieder angetastet.

Gerade überlegte Argus, was sein nächster Schritt sein könnte, als Bewegung in die Gruppe der Steinzeitmenschen kam. Plötzlich traten sie zur Seite. Die Speere wurden aufgerichtet. Es bildete sich eine Gasse zum Felsen hin.

Mit einem Mal war Ruhe. Einzig der Klang des Meeres tönte aus der Ferne zu ihnen ans Lager. Und Argus lächelte, als er sah, was das bedeutete. Sein Entschluss hierherzukommen war richtig gewesen.

BIM

Als sie etwa die Mitte der Treppe erreicht hatten, konnten sie es hören: ein Scharren, ein Rumoren, ein Dröhnen – und alles zur selben Zeit.

„Kadabra, was geht da oben vor?“, fragte Alex, während er hinter der Katze die Stufen übersprang.

„Ich weiß es auch nicht“, maunzte Kadabra zurück. „Deshalb habe ich euch ja gerufen!“

Sie hechteten hintereinander zum Dachboden und blieben wie auf ein Zeichen stehen, als sie den Raum erreicht hatten.

Die Tür stand weit offen und die Freunde blickten auf ein besonderes Schauspiel: Tücher und Decken wirbelten durch die Luft, als tobe hier ein Sturm.

„Darky", die alte Stehlampe, kreiste in der Mitte des Zimmers um sich selbst, wobei sie sich abwechselnd zu der einen, dann wieder zu der anderen Seite bog. Es sah aus, als tanze sie und bedanke sich gleichzeitig für Applaus. Den bekam sie auch tatsächlich. Von „Silberblick", dem ausgestopften, schielenden Dachs. Er stand wild kichernd auf dem Schrank und klatschte der Stehlampe Beifall.
In einer Ecke des Zimmers schwebten leere Bilderrahmen in der Luft. Immer wieder sausten Wollknäuel durch sie hindurch, denn in der gegenüberliegenden Ecke spielten ein Schrubber und ein Besen ihre eigene Form von Golf: Von einem riesigen Stapel Strickwolle schossen sie immer wieder ein Knäuel in die Richtung der Bilderrahmen. Und wenn einer von beiden getroffen hatte, hüpfte er fröhlich auf und ab.
Auf dem Boden schlängelte sich ein zusammengerollter Teppich über die Holzdielen und schaute immer wieder zur Decke, wo über all dem Gewirr eine uralte Küchenuhr flog. Ihre Zeiger drehten sich wie Hubschrauberblätter in der Luft.

Sahli und den beiden Mädchen standen die Münder offen.

„Kadabra!“, schrie Alex über den ganzen Lärm hinweg. „Was geht hier vor?“

Die Katze schüttelte den Kopf. „Ich weiß nicht. Ich wollte zaubern üben. Immerhin habt ihr beiden, ohne mich zu fragen, eine magische Katze aus mir gemacht. Also wollte ich wissen, wie ich meine Magie steuern kann. Ich verstehe das nicht!“

Mit einem Mal lachte Sahli auf. „Aber ich verstehe es vielleicht!“, rief er, wandte sich um und rannte die Treppe hinunter.

„Was ist denn mit dem los?“, fragte Sally, doch bevor Alex etwas antworten konnte, kam Sahli auch schon wieder zurückgelaufen. In der Hand hielt er seine Zauberkugel, die noch immer vor sich hin leuchtete. Außer Atem legte er die Kugel auf dem Boden ab, bevor er sich darüberbeugte und leise seine magischen Worte sprach.

Erst einmal geschah nichts. Doch dann rollte sich der Teppich in seine Ecke, die Uhr landete in einem

Karton und auch Besen, Schrubber und Bilderrahmen entschwanden an ihre früheren Plätze. Der Dachs rollte noch einmal wild mit seinen Augen, bevor er erstarrte. Nur Darky, die alte Stehlampe, schien sich gegen Sahlis Zauber zu wehren. Man konnte ihr ansehen, dass es ihr nicht gefiel, wieder in die Ecke zu müssen. Mit hängendem Lampenschirm schlurfte sie lustlos an ihren Platz zurück.

Das Licht im Inneren der Zauberkugel erlosch. Schließlich herrschte Stille. Nur die wild in der Luft herumfliegenden Staubkörner erinnerten an das Durcheinander, das noch vor wenigen Sekunden geherrscht hatte.

„Sahli!“ Die Zwillinge riefen seinen Namen wie aus einem Mund. „Was hast du getan?“

Der Junge legte eine Hand auf seine Zauberkugel. „Ich habe die Magie im Inneren der Kugel beruhigt. Nun verstehe ich auch, warum sie die ganze Zeit geleuchtet hat, obwohl mein Aufräumzauber schon beendet war.“ Er blickte zu der Katze. „Kadabra hatte die Kugel noch in Gebrauch.“

Kadabra wehrte schnell ab. „Oh nein, ich hab die Kugel nicht angerührt. Versprochen!"
„Das glaube ich dir", sagte Sahli. „Aber wir haben bisher eine Sache nicht bedacht: Wenn du eine magische Katze sein willst, brauchst du ein verzaubertes Gegenstück."
Kadabra spitzte die Ohren. „Ich brauche ... was?"
Sahli rückte an sie heran und erklärte in ruhigem Ton: „Schau einmal: Durch seine Edelsteine verstärkt Argus seine magische Macht. Und ich lenke meine Fähigkeiten durch die Kugel. Du brauchst etwas, das deine magischen Kräfte unterstützt. Eben ein verzaubertes Gegenstück."
Die Katze grübelte. „Und wie komme ich dazu?"
„Ich werde dir ein Gegenstück mit Magie füllen. Mit meiner Zauberkraft kann ich Fähigkeiten von mir auf alles übertragen, das du dir wünschst. Ein Gegenstand, eine Person, ... irgendein Ding, das du ..."
„Irgendein Ding?" Kadabra hielt die Nase in die Höhe. „Von wegen! Irgendein Ding! Ich brauche schon was Besonderes. Wertvolles. Edles!"

Die vier Freunde verdrehten allesamt die Augen. „Typisch", flüsterte Sally. Alle anderen sagten lieber nichts.
Sahli ging durch den dünnen Nebel aus Staubkörnern auf den verbotenen Raum zu. „Ob wir hier etwas finden, das dir gefällt?", fragte er und öffnete langsam die Tür zum Reich von Alex' Großvater Aurelius.
Kadabra gingen die Augen über – was sehr merkwürdig aussah. Katzengesichter waren anscheinend nicht dafür gemacht, überrascht zu schauen.
„Ob ich dort, im verbotenen Zimmer, etwas für mich finde? Na, ganz gewiss!" Bestens gelaunt sprang Kadabra durch die Tür und die anderen folgten ihr.
Eine ganze Weile schlich Kadabra zwischen den Büchern, Kisten, Gläsern und Forschungsgegenständen des Großvaters hin und her. Sie schaute in fast alle Kartons und in die riesigen Gläser, die hier herumstanden. Und immer wieder maunzte sie: „Soll ich das nehmen? Oder lieber dies? Oder aber das hier?"
Liv seufzte. „Na, das kann ja dauern." Und Sally fügte

hinzu: „Morgen sollen wir zurück nach Hause. Ob Kadabra sich wohl bis dahin entschieden hat?"

Doch kaum hatte sie das ausgesprochen, blieb die Katze mit einem Mal stehen. Sie strahlte über das ganze Gesicht. Und dafür waren Katzengesichter wohl eher ausgelegt, denn Kadabra sah über und über glücklich aus.

„Ich hab's!", rief sie.

„Und, was von alle dem soll dein magisches Gegenstück sein?", fragte Alex.

Kadabra machte einen Schritt zur Seite und gab den Blick frei auf ein Regal, in das einige magische Dinge hineingeräumt waren, die Alex' Großvater vor vielen Jahren von einer Forschungsreise aus Ägypten mitgebracht hatte. Und Alex erkannte sofort, worauf Kadabras Wahl gefallen sein musste: Eine goldene Kette leuchtete ihnen allen entgegen, mit einem runden Amulett daran, auf dem das Bild einer sitzenden Katze abgebildet war.

„Das ist Bastet", erklärte Alex. „Im alten Ägypten war sie die Katzengöttin der Liebe und der Fruchtbarkeit."

Sahli kicherte. „Fruchtbarkeit? In Kadabras Fall wohl eher Furchtbarkeit!"
Nun kicherten auch die anderen.
Kadabra tat beleidigt: „Pah, sagt doch, was ihr wollt. Dieser wunderbare Schmuck soll mein magisches Gegenstück sein. Es ist so prachtvoll wie ich."
Das Kichern der Freunde hatte ein Ende. „Ja", musste Alex zugeben. „Gute Wahl. Da brauchst du auch nichts klein oder groß zu knödeln."
„Chamälisieren!", erwiderte Sahli, doch dann wandte er sich an die Katze. „Endgültige Entscheidung?"
Kadabra strahlte ihm wieder entgegen. „Wenn ich dieses Schmuckstück bekomme, dann bin ich mit allem versöhnt, was passiert ist."
Sahli schaute zu Liv, Sally und zu Alex. Als alle nickten, stieß Sahli Kadabra an und sagte: „So sei es denn!"
Er stand auf und begann sich zu konzentrieren. Langsam streckte er die Hände aus und sagte seinen Spruch:

„In mir erwacht meine magische Macht,
durch mich, den Dschinn der Kugel, entfacht.
Ich lasse geschehen, was ich in mir vernahm,
ich, Sahlarami Ben Ibdul Haram-Cham-Cham.“

Erst geschah wieder einmal nichts. Doch dann begann die Zauberkugel, die hinter Sahli auf dem Boden stand, zu zittern. Das winzige Licht im Inneren zeigte sich. Es wurde stärker, bis unzählige dünne Lichtstrahlen aus der Kugel hervorschossen und zu einem einzigen Lichtbündel verschmolzen.

Kadabra schloss die Augen, um diesen einzigartigen Moment richtig genießen zu können. Schon merkte sie, wie sich der gebündelte Lichtstrahl auf sie herabsenkte. Sie verspürte ein Kribbeln in ihrem ganzen Körper und ein wohliges Zittern in all ihren Knochen. Und dann war dieser magische Moment auch schon vorbei.

Überglücklich öffnete sie die Augen.

Und stutzte.

Etwas stimmte nicht.

Etwas stimmte ganz und gar nicht.
Die feierliche Stimmung in ihr war mit einem Mal gebrochen. Beim Anblick der Gesichter um sie herum wurde Kadabra schlagartig klar, dass hier etwas schiefgelaufen sein musste.
Alex starrte sie entsetzt an.
Auch Sahli starrte sie entsetzt an.
Und die Zwillinge schauten ihr mit einem Blick entgegen, dem das Wort „entsetzt" nicht gerecht wurde.
Die Katze traute sich kaum die Frage auszusprechen: „Was ... Was ist denn los?"
Sahli atmete stoßweise ein und aus.
Sally und Liv begannen zu stottern.
Nur Alex brachte ein ganzes Wort zu Stande: „Ups!"
In Kadabra erwachte die Panik. „Ups? Was soll das denn heißen: Ups? Wieso ups?" Und nun schrie sie es beinahe: „Was ist hier los?"
Sahli zeigte auf das Amulett.
Sally zeigte auf die Katze.
Liv zeigte auf Sahli.

Und Alex zeigte auf etwas, das sich unter dem Regal befinden musste, denn als Kadabra zu dem Punkt schaute, auf den Alex zeigte, konnte sie erst einmal nichts erkennen.
Erst einmal.
Dann erschien ein schwarzer Punkt. Es folgte ein Ohr, auf dessen Spitze sich der schwarze Punkt befand. Bald sah Kadabra ein zweites Ohr, das allerdings abgeknickt und völlig zerfranst war. Und schließlich kam ein Kopf zum Vorschein. Der Kopf, zu dem diese sonderlichen Ohren gehörten. Es war: ein Mäusekopf. Kadabra schaute ungläubig darauf. „Was hat das alles zu bedeuten?“
Die Maus kam unter dem Regal hervorgekrochen. Sie schlug sich den Staub von ihrem grauen Fell herunter und stellte sich vor Kadabra auf. Noch nie in ihrem Leben hatte Kadabra eine solche Maus zu Gesicht bekommen. Nicht nur das eine Ohr hing herab und war zerfranst, die ganze Maus wirkte, als sei sie unter einen Roller gekommen. Ihre Nase war schief, eines ihrer Augen kullerte in seiner Höhle und unter

dem Bauch standen ihre schmutzigen Füße von den krummen Beinen ab.

Doch noch immer verstand Kadabra nicht, warum alle so entsetzt zu ihr sahen. Und warum Alex zu dieser Maus zeigte. Erst in der nächsten Sekunde wurde ihr alles klar. In dem Moment, als die Maus ihr fest in die Augen schaute, einmal kräftig nieste und schließlich sagte: „Entschuldigung!"

Kadabra blickte zu Alex und Sahli und holte tief Luft, um den beiden ihre Meinung zu sagen, da flüsterte Alex: „Sie ist in den Lichtstrahl hineingelaufen."

„Gerade, als der Zauber der Kugel zu wirken begann", ergänzte Sahli.

„Mitten rein. Einfach so. Kann ja mal passieren", sagte Alex noch, doch Kadabra war längst klar, was das bedeutete: „Kann ja mal passieren?" Und dann lauter: „Kann ja mal passieren? Euch ist doch wohl ..."

Sahli hob schnell beide Hände. „Du kannst das Amulett ja trotzdem immer tragen", sagte er hastig.

„Und du behältst ja auch deine Zauberkraft", schoss es aus Alex hervor.

Doch die Katze tröstete das keinesfalls. Sie zeigte mit einer Pfote auf die schmutzige Maus. „Und jetzt ... und jetzt ist DAS DA mein magisches Gegenstück? Eine Maus? EINE MAUS, die aussieht, als hätte sie jemand falsch zusammengeschraubt und dabei noch die Hälfte der Teile vergessen?" Sie sprang auf Sahli zu: „Tu doch was! Mach das rückgängig!"

Sahli schaute betreten zu der verzweifelten Katze. „Kann ich nicht! Ich kann nur Zauber zaubern. Aber ich kann keine Gegenzauber zaubern. Ich kann auch keine Rückwärtszauber zaubern." Nun quietschte seine Stimme regelrecht: „Tut mir leid!"

Kadabra wurde schwindelig. Sie setzte sich erst einmal auf den Boden. „Oh nein!", jammerte sie leise. „Was für ein Unglück!"

Und plötzlich piepste es hinter ihr: „Unglück? Wieso? Jetzt sind wir für immer verbunden! Ist doch super!"

Kadabra wirkte so verworren wie das Fell der Maus, auf das sie gerade schaute. „Aber ...!"

Die Maus blickte begeistert an der Katze hoch. „Wenn ich das richtig verstanden habe, dann gehören wir beide jetzt zusammen? Du und ich? Wie klasse! Ich hab jetzt meine eigene Katze. Und was für eine schöne Katze. Ich freu mich!“

Kadabra stand der Mund weit offen. Doch bevor sie etwas antworten konnte, sank sie theatralisch zu Boden. Sie wurde ohnmächtig vor Enttäuschung und Entsetzen. Mit einem lauten Stöhnen fiel sie direkt vor dem goldenen Bastet-Amulett auf den Boden.

Sie hörte nicht einmal das „Ups!“, das piepsend neben ihr erklang.

DAS TREFFEN DER MAGIER

Sein ganzer Körper war mit gemalten Symbolen aus Erde überzogen. Langsam schritt der alte Mann durch die Gasse, die sein Volk für ihn gebildet hatte. Seine Augen leuchteten. Er hatte Argus direkt als jemanden seinesgleichen erkannt. Der Dschinn lächelte seinem Freund entgegen. Auch er wusste, wen er vor sich hatte: den mächtigsten Schamanen der Steinzeit.
Argus breitete die Arme weit aus und verbeugte sich vor dem Mann. Und er nannte ihn beim Namen:
„Gorr!“
Der Alte erwiderte den Gruß. Er verbeugte sich ebenfalls, doch er sprach kein Wort. Das war auch

nicht nötig. Die beiden fassten sich an ihren Händen und sahen sich auf eine Weise an, wie sich nur Magier, Zauberer, Druiden, Schamanen und Hexen in die Augen sahen. Tief blickten sie einander an. Intensiv. Durch eine Art drittes Auge, bis tief in die zauberverhüllte Seele hinein. Zu dem Ort, wo die Magie im Menschen ruhte. Und sie erkannten einander. Tatsächlich waren sie sich schon oft begegnet. Im magischen Raum zwischen den Welten. Dort, wo Spiegelbilder den Spiegel sahen. Dort, wo die Dunkelheit das Licht verdrängt. Dort, wo die Träume Wahrheit sind und die Wahrheit Träume. Dort, wo sie sich immer trafen, die Mitglieder des magischen Zirkels. Die gewaltigsten Magier aller Kontinente und Zeiten.

Nun war der Moment gekommen, dass Argus sein Anliegen vorbrachte. Sprache benötigte er dabei nicht. Gorr hätte ihn ohnehin nicht verstanden. Stattdessen ging Argus so vor, wie er das aus dem magischen Raum zwischen den Welten kannte: Beide schlossen die Augen, während Argus dem Alten Bilder in den

Kopf zauberte. Wie in einem Traum ließ er Gorr sehen, was Argus mit Sahli und Alex erlebt hatte, und er spürte, wie der Schamane wütend wurde. Er konnte Argus verstehen. Und mit Sicherheit würde er ihm helfen.

Argus zeigte Gorr aber nicht nur Bilder. Nein, er ließ ihn auch Gefühle nachempfinden. Argus' Gefühle. Die Wut darauf, dass seine magischen Fähigkeiten Sahli gegenüber geschwächt waren, weil Sahli ihn mit einem fiesen Trick und Hilfe seiner eigenen Magie überlistet hatte. Argus ließ den Schamanen auch den Frust spüren, dass er, als Mitglied des magischen Zirkels, beleidigt worden war. Sein Ruf unter den mächtigen Zauberern war geschwächt. Und er ließ Gorr ebenso spüren, wie wichtig es war, dass Sahli zurück in seine Kugel gebracht wurde, dass Alex verzaubert werden sollte und dass vor allem sein Großvater, dieser geniale Forscher, in seinem Gefängnis bleiben musste.

Und schließlich kam er zu dem Punkt, der ihm am wichtigsten war: Er brauchte einen neuen Zauber. Einen für Sahli fremden Zauber. Einen, mit dem er

wieder Macht über diesen Jungen erhalten konnte. Einen, dem Sahli schutzlos ausgeliefert war.
Gorr nickte schließlich und öffnete langsam die Augen. Dann gab er Argus zu verstehen, dass der Magier ihm folgen sollte. Er führte den Dschinn von der Gruppe der Steinzeitmenschen fort. Er schickte nun seinerseits eine Botschaft in Argus' Verstand. Gorr teilte ihm mit, dass er den richtigen Zauber für ihn bereithielt. Einen Zauber, gegen den sich die beiden Jungen niemals würden wehren können.

SCHERBEN UND FEUER

Sie saßen in einem Halbkreis auf dem Boden, die Köpfe dicht beieinander und flüsternd wie bei einer Verschwörung. Die Tür des verbotenen Zimmers stand weit offen, damit sie sofort hören würden, wenn sich jemand über die Treppe dem Dachboden näherte. Den Ärger, den sie erwarteten, wenn Oma Ilse sie in diesem Zimmer finden würde, wagte sich keiner vorzustellen. Wahrscheinlich gab es in einem ganzen Menschenleben nicht so viele Mahlzeiten, wie Oma Ilse ihnen dann verbieten würde.

Kadabra saß in der Mitte des Freundeskreises und schaute alle möglichst traurig an. Doch es gelang ihr nicht. Katzengesichter waren wohl nicht dazu gemacht, traurig zu schauen. Kadabra sah eher aus, als habe sie in eine gesalzene Zitrone gebissen und dabei die Kontrolle über ihre Gesichtsmuskeln verloren. Neben ihr stand die graue Maus, auf ihren krummen Beinen, mit ihrer schiefen Nase und dem ausgefransten Ohr. Sie hatte ihren Blick auf Kadabra gerichtet und strahlte sie begeistert an. So wie immer. Seit dem Vorfall mit dem Amulett wich die Maus nicht von Kadabras Seite. Und dabei hielt sie stets die Blicke auf die Katze gerichtet, als wäre Kadabra ein Hügel köstlicher Käse.

„Schau doch mal woanders hin!", bat Kadabra völlig entnervt.

Und die Maus tat, wie ihr befohlen wurde. Sie blickte zur Decke. Blickte zur Tür. Und dann wieder auf Kadabra. „Gut so?"

Kadabras schiefes Trauergesicht verwandelte sich in eine Wutgrimasse. Und dafür waren Katzengesichter wohl eher gemacht, denn sie sah wirklich grimmig aus. „Sahli! Was hast du mir da angetan?!", schnaubte sie.

Doch der Junge wehrte ab. „Ich hab dir doch schon gesagt: Ich kann nichts dafür. Sie ist in den Zauber gelaufen, diese Maus. Und dadurch ..."
Kadabra fauchte. „Ja, danke. Das weiß ich alles. Aber nun sieh dir das doch mal an ...!" Sie schaute zu der Maus, die noch immer den Blick fest auf die Katze gerichtet hielt und leise sagte: „Du bist das Beste, was mir je passiert ist!"
Kadabra war zum Heulen zu Mute. „Und das ist also mein verzaubertes Gegenstück? Daran bin ich jetzt gebunden? An diese ... Staubkugel?"
Sally schaltete sich ein. „Vielleicht hilft es ja, wenn wir ihr einen schönen Namen geben", schlug sie vor und Liv kicherte möglichst leise. „Super Idee! Dann ist es leichter sich anzufreunden. Wie wäre es mit ..."
„Nervensäge!"; schlug Kadabra vor.
„Nein. Lieber ..."
„Flohschleuder!"
„Hör auf, Kadabra. Was haltet ihr von ..."
„Knickohr! Hampelmaus!"
„Kadabra, bitte!"

„Staubschleuder! Elefantenzahnstocher! Krummohrnager! Virenbeutel!“
„Schluss damit!“, schimpfte Alex. Doch Kadabra war nicht mehr zu halten: „Zeckenzüchter! Bröselpelz! Knittergesicht! Vorgartenzwerg! Nervnudel!“
„Stopp!“ Alex schrie lauter, als er es eigentlich wollte. Vorsichtig schaute er über seine Schulter und hielt kurz die Luft an. Es war nichts zu hören. Oma war also nicht aufgeschreckt. Leiser fügte er hinzu: „Jetzt halt mal deine Katzenklappe!“
Kadabra verstummte endlich und blickte sofort auf die Maus, in der Hoffnung, dass diese nun beleidigt aufheulen und für immer verschwinden würde.
Tatsächlich schaute der kleine graue Nager erst schweigend zu ihr auf. Man sah der Maus an, dass sie alle diese Namen in Gedanken noch einmal durchging, bevor sie sagte: „Und all das hast du dir für mich ausgedacht?“ Danach strahlte sie die Katze noch verliebter an als je zuvor.
Kadabra verlor die Nerven. „Ich möchte, dass du endlich verschwindest“, sagte sie mit Nachdruck.

Und prompt kam die Antwort der Maus: „Gern! Kommst du denn mit?"
Kadabra war verzweifelt.
„Versteh doch", fuhr Sahli dazwischen. „Du wirst diese Maus nicht los. Ihr beide seid für immer miteinander verbunden."
„Genau", hakte Alex ein. „Und wir brauchen einen Namen, der das ausdrückt!" Er hielt Kadabra schnell die Schnauze zu: „WIR suchen einen Namen! Klar?" Und damit ließ er die Katzenschnauze wieder frei.
„Fragen wir doch mal die Maus", schlug Liv vor und beugte sich tief zu dem kleinen Nager hinunter. „Hast du einen Wunsch?"
Die Maus blickte von Liv zu Kadabra und dann wieder zu Liv. „Kadabra gefällt mir gut."
Die Katze verdrehte die Augen.
Liv beachtete sie gar nicht. „Und du möchtest auch so einen Namen?"
Die Maus nickte eifrig. „Ja, irgendwas mit Zauberei und so. Wie Kadabra eben." Und damit blickte sie wieder verliebt zur Katze.

„Wie wäre es mit Abra“, schlug Sally vor. „Die Maus heißt Abra und die Katze ...“

„Wehe!“ Kadabras Blick ließ Sally sofort verstummen. „Es reicht schon aus, dass ich ohne dieses ... dieses Knickohr nicht zaubern kann. Da brauche ich nicht noch einen Namen, der ...“

„Simsalabim“, rief Liv aus. „Das passt doch prima zu Kadabra.“

„Zu lang“, warf Sahli ein, als die Maus selbst sich meldete: „Schöne Idee. Wie wäre es mit Bim?“

Alex kicherte: „Kadabra und Bim – na, das hat doch was!“

Die Maus freute sich. Kadabra legte eine Tatze vor die Augen. „Wenn's sein muss“, murmelte sie, aber es war deutlich, dass sie viel lieber etwas anderes gesagt hätte.

Endlich war für Alex der Zeitpunkt gekommen, um Sahli nach seinem Plan zur Rettung von Opa Aurelius zu befragen. Er holte tief Luft, schaute Sahli an, doch bevor er seinen Satz formulieren konnte, kam ihm Sahli zuvor: „Kadabra, wir könnten doch jetzt mal deine Zauberkünste testen!“, sagte er.

Und Alex atmete hörbar aus. „Hier? Jetzt? Wir müssen unsere Fahrt nach Hause vorbereiten. Und wir müssen endlich über Opa Aurelius sprechen und ...“

Sahli lächelte ihn an. „Ich verstehe, was du meinst. Aber das ist nur vernünftig. Wir müssen Kadabras Fähigkeiten kennenlernen und einschätzen können. Oder willst du, dass sie planlos herumzaubert?“

Alex war enttäuscht. Wie lange sollte er denn noch darauf warten, die Rettung für Opa Aurelius vorzubereiten? Doch natürlich hatte Sahli Recht. „In Ordnung. Einen Test. Nur einen, mit Kadabra und ihrem magischen Gegenstück.“

„Genau“, fiepste Bim begeistert. „Mit mir!“ Die Maus blickte an Kadabra hoch. „Denn ich bin dein Gegenstück. Ich!“

Kadabras Antwort war ein unverständliches Brummen.

Die Zwillinge fanden die Idee super. „Macht schon!!“

Kadabra willigte zögernd ein: „Ihr werdet mich ja eh nicht in Ruhe lassen, bevor ich mache, was ihr wollt.“

Sie schaute sich im Zimmer um.

Alex' Blick blieb an einem uralten Dokument hängen, das auf einigen Büchern lag. Es war verwittert, mit rissigem Rand und einem Brandloch in einer Ecke. Alex zeigte darauf. „Zaubere dieses Dokument in seine ursprüngliche Form, also blütenweiß und wie neu!"
Aber Kadabra zögerte. „Nein", sagte sie plötzlich.
„Und warum nicht?"
„Scherben und Feuer", antwortete Kadabra mit einer heiseren Stimme, die man von ihr nicht kannte. Und auch mit Bim ging etwas Merkwürdiges vor sich: Die Maus erstarrte, streckte sich bis in die Schnurrhaarspitzen hinein, bevor sie sich wieder entspannte. Dieser winzige Moment war gruselig gewesen. Sahli war nicht mehr wohl bei ihrem Experiment.
Doch Alex blieb dabei: „Komm schon, zaubere das Papier wieder weiß, Kadabra!"
Die Katze zögerte. Etwas in ihr sträubte sich dagegen, doch dann gab sie den Widerstand auf.
Sahli versuchte zu helfen: „Konzentriere dich einfach auf das Dokument und darauf, was damit geschehen soll. Der Rest passiert wie von selbst."

Kadabra richtete ihren Blick auf das rissige Papier. Sie konzentrierte sich. Schließlich erhob sie sich sogar. Sie streckte den Oberkörper in die Höhe, bis sie auf den Hinterbeinen stand, die Schwanzspitze zum Abstützen auf den Boden gepresst. Ihre Augen verengten sich zu schmalen Schlitzen. In diesem Moment kamen die magischen Worte aus ihrem Katzenmund hervor. Sie sprach mit heiserer Stimme:

„Tief in mir verspüre ich Kraft,
eine Magie, die Unglaubliches schafft.
Ich lenke sie mit der Macht meiner Tatze,
ich, Kadabra, die zaubernde Katze."

Kadabra hob ihre rechte Tatze weit in die Höhe. Doch es geschah erst einmal nichts. Die vier Freunde hielten den Atem an und starrten gebannt auf das Dokument. Dann jedoch wurden sie abgelenkt. Kadabra war ganz still geworden. Ihre Schnurrhaare kräuselten sich Richtung Schnauze. Auch Bim veränderte sich mit einem Mal. Wie vorhin erstarrte die kleine Maus. Sie streckte alle viere von sich. Sogar das abgeknickte Ohr reckte und streckte sich. Und schließlich begannen sie zu vibrieren. Der ganze Körper erzitterte.

Noch immer wagten es Alex, Sahli, Liv und Sally nicht einzuatmen. Ihre Augen huschten hin und her. Von dem Dokument auf die Maus, von der Maus auf die Katze, von der Katze auf das Dokument.

Und schließlich begann der Zauber: Das Papier flatterte an den Ecken, dann rollte es sich zusammen und wieder auseinander, doch im nächsten Moment schossen kleine Flammen daraus hervor. Sie züngelten wild vor sich hin.

Die Mädchen schrien auf. Sahli schaute überrascht auf Kadabra. Nur Alex sprang wie im Reflex hoch und stieß das Papier mit einer so heftigen Armbewegung von dem Bücherstapel, dass er einen Tonkrug, der dort stand, ebenfalls mitriss.

Noch im Flug erloschen die Flammen und als der Krug zu Boden fiel, zerbrach er laut scheppernd in mehrere Teile.

Dann wurde es still. Bim hörte auf zu vibrieren und

löste sich aus der Erstarrung. Auch Kadabra kam wieder zu sich.
„Was ist passiert?“, fragte sie und blickte überrascht auf die Reste des Dokuments, die nun qualmend zu Boden sanken.
Sahli schaute Kadabra mit offenem Mund an, bevor er sagte: „Es ist geschehen, was du vorausgesagt hast: Scherben und Feuer.“

DER SKORPION

Gorr, der Schamane, führte Argus über einen schmalen, steinigen Pfad auf den Felsen hinauf. Hier, weit über den Köpfen der Steinzeitmenschen, befand sich eine breite Hochebene. Ein kühler Wind umspielte die Köpfe der beiden Magier, doch Argus achtete nicht darauf. Sein Blick war fest auf die vielen runden Steine gerichtet, die hier überall auf dem rissigen Felsboden lagen.
Argus war begeistert. Magie mit Steinen, damit kannte er sich aus.
Gorr blickte zum Himmel. Inzwischen war es dunkel geworden und die Sterne leuchteten den beiden Männern hell entgegen.

Gorr nahm sich viel Zeit. Er sammelte seine Kräfte, bevor er damit begann, einige der großen Steine im Sand neu anzuordnen. In höchster Konzentration stellte er sich an den Rand der Klippe, breitete die Arme aus und richtete seinen Blick auf die Steine. Diese schwebten plötzlich umher, als wären sie Federn. Knapp über dem Boden gleitend, ordneten sie sich neu.

Dann hob Gorr seinen Blick erneut zum Himmel und streckte seine Hände, als ob er den Abstand verschiedener Sterne ausmessen wollte. Argus beobachtete Gorr mit angehaltenem Atem. Hier konnte er einiges lernen. Einiges darüber, wie Naturvölker die Kraft der Erde und der Sterne für ihre magischen Fähigkeiten nutzten.

Wieder und wieder schaute der Schamane zum Himmel, um dann die schwebenden Steine über dem rissigen Boden neu zu ordnen oder sie zu verschieben, manchmal nur für wenige Zentimeter. Und endlich verstand Argus: Gorr legte das Sternzeichen des Skorpions mit den Steinen nach. Erst die drei vorderen Linien, die am Himmel Kopf und Scheren des Skorpions darstellten, dann der längliche Körper mit dem gerundeten Schwanzende. Schließlich waren die Steine exakt so angeordnet wie die Sterne am Himmel. Und mit einer letzten Handbewegung ließ Gorr sie zu Boden sinken und ruhen.

Der Schamane besah sich noch einmal in Ruhe sein Werk. Er wirkte sehr zufrieden. Dann gab er Argus ein Zeichen, hier auf ihn zu warten. Er ging zurück zum Lagerfeuer seines Volkes und kam in Begleitung des muskelbepackten Kriegers zurück, der Argus vorhin mit seinem Speer bedroht hatte. In seiner rechten Hand trug der Mann eine brennende Fackel. In der linken Hand hielt er einige Äste und etwas, das Argus nicht richtig erkennen konnte.

Der Krieger legte die Äste zwischen den Steinen am Boden ab, dann zündete er sie mit seiner Fackel an und übergab dem Schamanen etwas, bevor er schweigend zur Seite trat.

Der Schamane hielt eine Faust in die Höhe und öffnete sie. Jetzt erst erkannte Argus, was der Krieger

ihnen gebracht hatte: einen lebenden Skorpion. Einen weißen Skorpion mit übergroßen Scheren.
Gorr hielt das Tier in die Höhe und der Skorpion drehte sich aufgeregt auf der Handfläche hin und her. Schließlich streute der Schamane etwas Sand über das Tier und mit einem Mal hielt es inne. Sein starrer Körper wurde von dem Schamanen mitten in die Flammen gesetzt. Doch das Feuer schien den Skorpion nicht zu berühren.
Argus beobachtete alles, was geschah, mit riesigen Augen. Dieser Zauber war ihm nicht bekannt. Noch nie hatte er von so etwas gehört oder etwas Vergleichbares gesehen.
Gorr wartete wenige Augenblicke, dann nahm er den Skorpion aus der Glut des Feuers und pustete den Sand von seinem Panzer. Das Tier sah aus, als sei es versteinert.
Gorr ging nun auf den Krieger zu und legte ihm den versteinerten Skorpion in beide Hände. In diesem Moment veränderten sich die Augen des Mannes. Sie verloren alle Farbe und wurden tiefschwarz. Dann

öffnete der große Mann leicht den Mund und ließ die Schultern hängen. Er stand tief unter dem Zauber des Schamanen.
Gorr hob beide Hände und augenblicklich kam Bewegung in den Krieger. Er gehorchte den Befehlen des Schamanen, der allerdings keinen Ton von sich gab. Allein mit seinen Gedanken konnte der Alte diesen massigen Mann lenken. Gorr ließ ihn zu Boden fallen, dann kugelte sich sein Opfer im Sand, ohne dass er den Skorpion losließ. Danach befahl ihm der Schamane einen Purzelbaum zu machen. Dann sogar einen Kopfstand. Ohne die Hände zu benutzen. Und der Krieger gehorchte. Alle Gesetze der Physik schienen aufgehoben zu sein. Er war völlig willenlos.
Argus kam aus dem Staunen nicht mehr heraus. Er war wirklich überrascht, welche enormen Fähigkeiten der Schamane besaß.
Dem Dschinn wurde klar, der Fluch des Skorpions war der mächtigste Zauber, den er je gesehen hatte. Das war genau das Richtige, um Sahli und Alex zurück in seine Gewalt zu bringen! So konnte er sie

willenlos machen. Dann würde er den vorlauten Kerl zu seinem Großvater ins ewige Eis stecken und Sahli kam wieder in die Zauberkugel. Denn dort gehörte er hin. Auf immer gefangen.

Argus stellte sich dem Schamanen gegenüber und verbeugte sich tief.

Gorr hatte verstanden. Er ging zu dem Krieger, nahm den versteinerten Skorpion und überreichte ihn Argus mit einer tiefen Verbeugung.

Der Dschinn nahm das Tier entgegen. Er lächelte Gorr noch einmal zu, dann war er nicht mehr zu halten.

Er hastete den Felsen hinunter zu seiner Kleidung. Schnell zog er sich alles über und rannte nun weg von den Steinzeitmenschen zurück in die schwarze Nacht der Steppe. Er brauchte Ruhe, um die Reise zurück in seine Höhle anzutreten. Denn bevor er Alex und Sahli besuchen konnte, musste er noch seine magischen Steine einsammeln. Die Kraft der Edelsteine gebündelt mit der Magie des Skorpionfluches würde eine Kraft entfesseln, gegen die Alex und Sahli keine Chance hätten!

REISEVORBEREITUNGEN

„Das lief ja nicht so nach Plan“, sagte Liv vorsichtig in die Stille hinein.

„Ist mit dir alles in Ordnung, Bim?“ Vorsichtig streichelte Sally über das struppige Fell der kleinen Maus, die ganz erschöpft auf dem Boden lag.

„Also bitte! Denkt denn niemand an mich?!“ Kadabra stolzierte aufgebracht im Kreis herum. „Ich wäre beinahe umgekommen! Dabei hab ich euch doch gewarnt!“

„Und das kann kein Zufall sein“, grübelte Sahli. „Solche Zufälle gibt es nicht. Nicht in der Magie.“

Nur langsam dämmerte Alex, was Sahli meinte: „Du glaubst doch wohl nicht etwa, dass ... also, dass ...“

Auch die Zwillinge verstanden plötzlich: „... dass Kadabra ..."

„... in die Zukunft blicken kann?"

„Vor allem hat sie gerade fast Opas ganzen Besitz abgefackelt", murmelte Alex.

Sahli nickte grübelnd. „Dieses Feuer war wirklich seltsam, das kann ich mir nicht erklären. Es war wie ein Kurzschluss."

Kadabra traute ihren Ohren kaum: „Ich kann also in die Zukunft schauen?" Sie drückte ihren Rücken durch. „Ich wusste ja immer schon, dass ich etwas Besonderes bin."

„Etwas ganz Besonderes", fiepste es neben ihr. „Und das nur durch mich."

Kadabra tat, als hätte sie das nicht gehört.

„Wir müssen es noch einmal ausprobieren", schlug Sally vor. „Wir müssen herausfinden, wie weit Kadabra in die Zukunft schauen kann."

Doch Alex hob eine Hand in die Höhe. „Leute, wir haben da gerade keine Zeit für. Morgen ist Abreise. Es geht nach Hause. Nur noch dieses Wochenende und dann beginnt die Schule. Wir müssen uns vorbereiten." Er zeigte auf das Loch im Boden, das von ihm nur notdürftig mit einem Brett abgedeckt worden war. „Zum Beispiel das da. Das kann ja wohl so nicht bleiben." Nun zeigte er auf Sahli. „Und wie bekommen wir dich mit nach Hause? Und ..."

„... mich!", ergänzte Kadabra. „Ihr wollt mich ja wohl nicht allein zurücklassen, jetzt wo ihr mich zu einem magischen Wesen gemacht habt. Wie soll ich denn geheim halten, dass ich sprechen kann? Da muss Oma Ilse nur einmal aus Versehen auf meinen Schwanz treten und ich sage ‚Autsch' statt ‚Miau', was glaubt ihr wohl, was dann los ist?!"

Bim stand zwischen Alex und Kadabra und machte ein begeistertes Gesicht. „Ach, wie schön! Dann kann ich ja auch mit! Ich liebe Reisen!"

Wieder einmal gab sich Kadabra alle Mühe die Maus zu überhören und blickte stattdessen zu Alex. So wie alle anderen auch.

„Was seht ihr mich an?", sagte er. „Ich weiß doch auch nicht, wie wir das alles anstellen sollen!"

Liv verzog das Gesicht. „Nicht? Für mich ist die Sache ganz klar!"
„Für mich auch", lächelte Sally und wandte sich an Sahli. „Du kannst doch zaubern, nicht wahr? Du brauchst nur das Loch im Boden wegzuzaubern und Kadabra zu uns nach Hause zu wünschen und ..."
Hastig sprang Alex von seinem Platz auf. „Bloß nicht! Hier wird nichts mehr gezaubert. Wir haben gerade fast die ganze Bude abgefackelt. Außerdem: Sahli hat ja einen Bannzauber auf dieses Haus gelegt, aber wenn er seine Magie außerhalb einsetzt, könnte das Argus zu uns locken."
Die Zwillinge sahen ihn entsetzt an. „Du meinst, wir müssen jetzt ganz normal aufräumen und unsere Sachen packen?"
„Und überlegen, wie wir Sahli, Kadabra und Bim zu uns nach Hause bekommen. Jawohl." Alex lachte, doch den Mädchen gefiel das gar nicht.
„Ohne Zauber?"
„Ohne Magie?"
Sahli kam seinem Freund zu Hilfe. „Er hat Recht.

Nicht, dass Argus uns auflauert und uns dann nahe kommt, wenn wir unterwegs sind. Der Bannzauber gilt nur für das Haus deiner Großeltern! Wir sollten das Risiko so klein wie möglich halten."

„Na, dann mal los", sagten die Mädchen. „Wir kümmern uns um Sahli und Kadabra. Da fällt uns schon was ein. Und Alex, du stopfst dieses Loch und packst die Kugel und Opas Notizbuch so ein, dass es niemandem auffällt, okay?"

Damit erhoben sie sich von ihrem Platz und gingen mit Sahli, Kadabra und Bim durch die verbotene Tür und die Treppe hinunter zur Großmutter.

Alex schaute sich in dem Raum um. Über all diesen Kleinigkeiten verblasste die größte seiner Sorgen: Opa Aurelius.

Er seufzte tief, dann machte er sich ans Werk. Erst räumte Alex alles wieder zurück, was sie bisher angefasst hatten, dann stellte er sich vor das Loch im Boden. Zum Glück reichte es nicht bis zu dem Zimmer darunter. Und das Brett, das er daraufgelegt hatte, war sehr stabil. Es würde also genügen, wenn er etwas daraufstellte, um das alles zu verbergen. Es kam ja ohnehin niemand hierher. Grübelnd blickte er sich um und entschied sich für eine breite Kiste, die an einer der Wände stand. Ein riesiger Globus war darauf abgestellt, von mehreren Bücherstapeln eingerahmt. Alex packte mit beiden Händen eine Seite der Kiste und zog sie ein kleines Stück weit von der Wand weg.

„Na, super“, keuchte er. „Total schwer, das Ding.“

Er packte die andere Seite der Kiste, doch in dem Moment hörte er ein kurzes Rascheln. Etwas musste heruntergefallen sein. Alex ging um die Kiste herum. Tatsächlich, da lag etwas auf dem Boden: ein Umschlag aus braunem Papier. An der oberen Kistenkante flatterte breites Paketklebeband. Alex verstand: Dieser Umschlag war dort versteckt gewesen.

Augenblicklich durchfuhr es ihn. Eine Nachricht von Opa Aurelius?

Hastig griff er danach und nahm den Umschlag an sich. Dann schaffte er mit viel Mühe die Kiste über das Loch im Boden.

Endlich zog Alex mit zitternden Händen den

Umschlag hervor, doch gerade, als er ihn öffnen wollte, hörte er Liv von unten her rufen: „Alex! Kommst du mal? Du musst uns bei einem Teppich helfen!"

Und so schwer es Alex auch fiel, er ließ den Umschlag geschlossen, brachte ihn in sein Zimmer und rannte anschließend zu den Zwillingen und zu Oma ins Wohnzimmer. Eines war klar: Diesen Umschlag würde er wohl erst zu Hause öffnen können.

DER GEHEIMNISVOLLE FREMDE

Allmählich wurde es draußen dunkel. Der Umzug von Oma Ilse zurück in ihr Zuhause hatte die Freunde viel Zeit gekostet.
Nun saßen sie in Alex' Zimmer. Ganz bewusst hatten sie diesen Raum gewählt, denn das Zimmer lag im ersten Stock, direkt über der Vorratskammer. Hier würden seine Mutter und sein Stiefvater sie nicht hören können. Da waren sich alle sicher. Dennoch saßen sie hier, als sei der amerikanische Geheimdienst hinter ihnen her. Niemand traute sich richtig laut zu sprechen.
„Toll, dein neuer Teppich", lachte Liv leise und strich

mit der Hand darüber. „Super Idee, oder? Oma war froh, das alte Ding loszuwerden."

„Ja, muss ich zugeben", nickte Alex, doch Sahli protestierte: „Ihr wart ja auch nicht die ganze Fahrt darin eingerollt wie Ziegenkäse in Fladenbrot. Mir tut jetzt noch der ganze Rücken weh!"

„Na ja, wie hätten wir dich sonst hierher bringen sollen?", entgegnete Liv und Sally fügte hinzu: „Yeah – du hättest ja auch einfach zaubern können, nicht wahr? Stichwort: Fliegender Teppich ... Huhuhu ... Aber du wolltest ja nicht."

Nun schaltete sich Bim ein: „Aber ihr müsst zugeben, die größte Leistung hat ja wohl Kadabra erbracht."

Die Maus blickte ehrfürchtig zu ihr auf. „Du hast das wunderbar gespielt, diese kranke Katze voller Schmerzen."

Kadabra ignorierte Bim ausnahmsweise nicht: „Ja, ich hätte Schauspielerin werden können. Wie Lassie – nur als Katze."

Liv lachte. „Oma hätte dich sonst nie hergegeben. Aber so konnten wir versprechen, dass unser Tierarzt der beste ist. Außerdem hat sie ja gemerkt, dass du uns auch magst und mitwolltest. Wir schenken ihr beim nächsten Besuch eine neue Katze."

„Gutes Teamwork, sozusagen", fügte Sally an.

Kadabra schaute betreten unter sich. „Ich muss zugeben, Oma Ilse fehlt mir schon ein bisschen."

Zärtlich drückte sich Bim an die Katze. „Aber jetzt hast du ja mich!"

Schnell ging Alex dazwischen, bevor Kadabra noch etwas sagen konnte. „Es gibt da noch etwas, das ich euch zeigen möchte." Er stand auf, ging zu seinem Schreibtisch und zog den Umschlag hervor. „Das habe ich in Opas Zimmer gefunden, versteckt hinter einer Kommode. Ich hatte bloß noch keine Gelegenheit es zu öffnen."

Die anderen im Raum rückten näher heran.

„Das war versteckt?"

„Etwa von Opa Aurelius selbst?"

„Na los, mach auf!"

Alex lauschte noch einmal, ob wirklich nichts von den Eltern zu hören war, dann öffnete er den Umschlag

und zog eine beschriebene Seite hervor. Inzwischen erkannten alle außer Bim die Handschrift.
„Tatsächlich! Von Opa Aurelius“, stieß Liv hervor und Sally entfuhr ein: „Crazy, wie verrückt!“
Alex setzte sich wieder zu den anderen auf den Teppich, dann begann er vorzulesen:

„Dieser Brief ist eine Vorsichtsmaßnahme. Mein Name ist Aurelius Baumann. Ich bin Professor für Zauberei und Okkultes. Wenn Sie dies hier lesen, bin ich wahrscheinlich schon seit langer Zeit verschwunden.“

Alex stoppte und starrte auf Opas säuberliche Schrift. Eine Gänsehaut zog sich über seinen ganzen Körper.
„Was ist los?“, hakte Sahli nach.
„Dies ist wohl der erste echte Hinweis, der uns verraten kann, was genau mit Opa passiert ist“, antwortete Alex, bevor er weiterlas:

„Ich vertraue darauf, dass meine Familie meine persönlichen Dinge durchsucht, wenn ich vermisst werde. Daher habe ich diesen Brief an einer der Kisten aus Arabien platziert. Ich wollte mit niemandem darüber sprechen, damit ich nicht unnötig Sorgen verbreite.

Doch lasst mich berichten: Vor einiger Zeit erhielt ich eine Einladung in die arabische Wüste. Ein Mann, der wohl meine Forschungsarbeit kennt, hat mich eingeladen mir etwas ganz Besonderes zu zeigen. Etwas Magisches, das es nur in diesem Teil der Welt geben sollte. Ich vermutete endlich einen Hinweis auf einen Zirkel mächtiger Zauberer zu erhalten. Schon seit Jahren forsche ich danach. Und in dem Brief des Unbekannten waren viele Hinweise versteckt, die nur ein Eingeweihter haben kann.

Wer mich kennt, weiß, dass ich dieser Versuchung nicht widerstehen konnte. Ich habe zugesagt. Doch ich bin auch skeptisch. Schon einmal hat mich eine Reise in die Nähe dieser Wüste geführt. Damals bin ich auf eine verzauberte Kugel gestoßen, mein erster Kontakt mit einem mächtigen Zauberer. Und die traurige Geschichte eines Jungen, der zu einem Dschinn wurde. Noch immer stecke ich in den Forschungen zu dieser Kugel, eine erneute Reise zu ihrem Ursprung könnte hilfreich sein.

Ich schreibe diesen Brief als Sicherheit, denn ich fürchte um mein Leben.

Meine Reise führt mich in die Heimat des bösen Dschinn Argus. Zwar wurde er zuletzt vor Hunderten von Jahren gesichtet, doch wer sagt, dass er nicht durch die Zeit reisen kann? Ich möchte lieber vorsichtig sein. Daher gebe ich das einzige Wissen weiter, das ich gegen Argus in der Hand habe. Der alte Verkäufer, der mir damals vom Jungen in der Zauberkugel erzählte, wusste viel über den bösen Dschinn. Er hatte im Kampf gegen den Magier einen Rat für mich: ‚Liebe ist stärker als Hass.' Ich weiß leider nicht, wie mir oder auch dem Leser dieses Briefes dies weiterhelfen könnte, doch mehr habe ich nicht. Sollte die Einladung zu

dieser Forschungsreise also eine Falle sein, hoffe ich auf eure Hilfe.

Professor Dr. Aurelius Baumann."

„Er hat die Gefahr geahnt", sagte Sahli.
„Und er ist dennoch in die Wüste gereist", sagte Liv.
„Argus steckte dahinter", vermutete Sally. „Er hat ihn zu sich gelockt und dann in das Eisgefängnis gesperrt. Dieser Fiesling!"
„Ja", stieß Liv verächtlich hervor. „Er ist ein richtiger Schuft!"
Auch Kadabra nickte. „Diesen Brief hat er geschrieben, damit er befreit werden kann, auch für den Fall, dass sein Arbeitsmaterial verlorengeht oder verschenkt wird, an einen anderen Wissenschaftler zum Beispiel. Er hat alles getrennt aufgeschrieben"
„Wir müssen ihn endlich retten!", sagte Alex mit entschlossener Stimme. „Wir werden zu ihm reisen und ihn dort rausholen! Und je schneller wir das tun, desto ..."
„Nein, keine Zeit!", unterbrach ihn Kadabra. Aller-

dings sprach sie mit einer heiseren Stimme und ihre Schnurrhaare kringelten sich zur Nase hin.
„Was?“, fragte Alex, als ihm Bim auffiel. Die Maus lag auf dem Boden neben Kadabras Pfoten und vibrierte wild.
„Keine Zeit“, wiederholte Kadabra mit ihrer unheimlichen, heiseren Stimme. „Wegen des Mannes vor dem Fenster!“ Sally und Liv sprangen auf, rannten zum Fenster und schauten hinaus. „Da ist niemand.“
Die Katze fuhr mit ihrer heiseren Stimme fort: „Ihr beiden müsst nicht so hektisch sein. Lasst uns in Ruhe überlegen, was jetzt das Beste ist.“
Die beiden Freunde blickten sich überrascht an. „Wir sind nicht hektisch“, sagte Sahli.
„Wir sitzen hier in aller Ruhe und ...“
„Sally!“ Liv schrie es beinahe heraus. „Schau mal, da ist er wieder“, sagte sie mit einer Ängstlichkeit, dass alle im Raum sofort hellhörig wurden.
Sally schaute ebenfalls aus dem Fenster. „Buah“, machte sie. „Der jagt mir jedes Mal einen Schauer über den Rücken.“

Auch Alex' und Sahlis Interesse war nun geweckt. „Was habt ihr denn?"
Liv winkte sie herbei. „Schaut es euch an. Der Kerl dort auf der Straße, der stand heute Morgen schon hier, als wir von Großmutter zurückkamen. Gerade in dem Moment, als wir den Koffer mit Großvaters Zauberbuch und der goldenen Kugel ins Haus brachten, kam er um die Ecke geschlichen. Genau wie jetzt."
Sally schüttelte sich. „Ich finde ihn gruselig. Vor allem wegen seines Auges. Ich kann mich zwar täuschen, aber ich glaube, eine seiner Pupillen war nicht rund, sondern dreieckig!"
„Was?!" Sahli und Alex sprangen auf und eilten zum Fenster.
Dort stand er. Im Schatten der Straßenlaterne, die sich gerade automatisch einschaltete, war seine hagere, lange Gestalt zu sehen. Und er blickte zu ihnen herauf: Argus!
„Er ist hier!" Sahlis Stimme klang entsetzt und ängstlich. Er blickte sich hektisch um. Schaute erst zu

seiner Zauberkugel. Dann zu Großvaters Buch, das noch immer im Koffer lag, dann zu Kadabra. „Wir müssen alles verstecken, das Magie enthält", sagte Sahli. „Magische Dinge könnten ihm verraten, wo wir sind. Seine magischen Steine haben ihn damals gewarnt, als Alex mich aus der Kugel befreit hat."

Alex zögerte keine Sekunde. „Dann schnell!" Er rannte zur Zauberkugel, während Sahli sich auf das Buch stürzte.

Liv wandte sich vom Fenster ab. „Ihr beiden müsst nicht so hektisch sein. Lasst uns in Ruhe überlegen, was jetzt das Beste ist."

In dieser Sekunde stoppten die Jungs ihr Tun. Sie verharrten kurz, dann gingen ihre Blicke zu Kadabra.

„Gruselig!", brachte Alex flüsternd hervor.

„Das waren genau Kadabras Worte vorhin", sagte Sahli.

Und auch den Mädchen lief ein Schauer über den Rücken. „Dieses Jahr ist Halloween aber schon sehr früh", versuchte Sally die Situation zu retten. Doch nach Kichern war niemandem zu Mute.

Liv sah noch einmal nach draußen, als sie aufschrie: „Kommt her, seht euch das an!"
Die anderen stürmten ans Fenster und konnten gerade noch beobachten, wie Argus davonlief. Irgendetwas hatte ihn erschreckt. Im Laufen blickte er sich noch einmal um.
„Er schaut zu uns!", rief Liv, doch Sally schüttelte den Kopf. „Nope. Nein, er sieht zum Vorgarten. Dorthin, wo der Qualm aufsteigt."
„Qualm?" Alex riss das Fenster auf, blickte hinunter und sah, dass eine der kleinen Dornenhecken, die seine Mutter im Vorgarten gepflanzt hatte, gerade verbrannte. Von dem winzigen Busch war kaum noch etwas zu sehen. Und bevor Alex entscheiden konnte, ob er heruntereilen sollte, war das Feuer auch schon wieder erloschen.
„Feuer", murmelte Alex grübelnd. „Wie beim letzten Mal, als Kadabra ..."
„Ist doch jetzt egal!", rief Kadabra aus. „Wir müssen erfahren, wohin er läuft. Er weiß, wo wir leben. Da sollten wir auch wissen, wo er sich versteckt hält."

Alex zögerte erst, doch dann willigte er schließlich ein: „Uns würde Argus sofort erkennen, aber bei einer Katze schöpft er vielleicht keinen Verdacht", gab Alex zu.

„Ach, Kadabra!", stieß Bim hervor. „Du bist so mutig und so wunderbar und so wunderbar mutig!", sagte er, bevor er auf ihren Rücken kletterte und sich am Halsband der Katze festhielt.

Die Freunde kamen auf die beiden Tiere zu.

„Bitte passt auf euch auf", sagte Liv und streichelte Kadabra über den Kopf.

„Spielt nicht die Helden", bat Sally und kraulte Bims Rücken.

Dann eilte Kadabra mit ihrem magischen Gegenstück auf dem Rücken hinaus.

Sie brauchten nicht weit zu laufen, da hatten sie den Magier auch schon eingeholt. Argus rannte nicht mehr, sondern hatte seinen Schritt verlangsamt.

Vor allem aber war ihm anzusehen, wie sehr er sich bemühte, das alles zu verstehen.

Argus ging so zielstrebig durch die Straßen, dass

Kadabra eines klar wurde: Er hatte bereits ein Versteck gefunden. Und genau darauf steuerte er gerade zu. Kadabra war gespannt, was sie erwartete. Bim jedoch hatte seine Krallen tief ins Fell der Katze vergraben und zitterte ängstlich. Doch die Maus sagte keinen Ton.

Kadabra blieb stehen und beobachtete gemeinsam mit Bim, wie Argus von der Straße abbog. Er ging jetzt querfeldein auf eine Straßenbrücke zu, unter der ein schmaler Feldweg entlangführte. Bim konnte im Halbdunkeln die Brücke nur als riesigen Schatten erkennen.

Doch Kadabra mit ihren Katzenaugen konnte noch viel mehr sehen. Argus verschwand gerade unter der Brücke. Und das war der Moment, in dem Kadabra sich wieder in Bewegung setzte.

Sie rannte auf die Brücke zu, bis sie hinter einem Busch neben einem Pfeiler in Deckung gehen konnte. Die grauen Betonwände unter der Brücke waren von Wasserspuren gezeichnet. Ein beißender Geruch lag in der Luft.

Schmutz und Dreck waren das Erste, was die beiden erblicken konnten. Durch den Gang, der beinahe wie ein eckiger Tunnel wirkte und schnurgerade unter der Brücke durchführte, zog ein lauer Wind.
Die beiden Tiere schauten sich weiter um. An der Seite des Ganges stand ein Tisch, auf dem eine goldene Schale und große Edelsteine lagen.
„Argus' magische Steine", flüsterte Kadabra und beschloss nun endlich genug gesehen zu haben. „Dies ist sein Versteck. Und er scheint einen Zauber vorzubereiten. Lass uns die anderen warnen!"
„Ja, weg hier", erhielt die Katze zur Antwort, doch dann hörte sie noch etwas anderes. Etwas, das ihr die Haare zu Berge stehen ließ: ein Lachen wie aus Hunderten von Krähenkehlen – das Lachen von Argus, dem Magier.
Kadabra drehte sich langsam um. Da stand er, direkt hinter ihr, und grinste über das ganze Gesicht. „Du kommst mir gerade recht, kleines Katzenvieh", sagte er und in diesem Moment wurde Kadabra klar, dass der Magier in ihr eine ganz normale Katze sah.

„Mit dir habe ich was ganz Besonderes vor“, sagte Argus und beugte sich zu Kadabra herunter. Die Katze machte einen Schritt zurück. Jetzt bereute sie es vorhin nicht auf die Maus gehört zu haben. Dieser riesige Mann machte selbst ihr Angst. Sein Blick aus der dreieckigen Pupille schien allen Mut und alle Kraft aus Kadabra zu saugen.

„Du wirst mir eine große Hilfe sein“, sagte Argus weiter. „Ich brauche noch jemanden, an dem ich meinen neuen Zauber ausprobieren kann.“

Kadabra stellte die Ohren auf. *Ein neuer Zauber?*

Schon wurde sie gepackt. Kadabra schrie. Argus hatte beide Hände um sie geschlungen.

Allerdings war ihm Bim wohl nicht aufgefallen. Die Maus sprang hervor und biss Argus in die Hand. Der Magier schrie auf und schleuderte die Maus von sich. Bim flog in hohem Bogen durch den Gang.

„Ist das eklig!“, stieß Argus hervor und packte die Katze fester. „Du hast ja riesige Pelzläuse!“ Er stand auf und hob Kadabra mit sich in die Höhe.

Er lachte auf.

Kadabra hing panisch in seinem Griff, als sie plötzlich sah, wie Bim an der Wand des Ganges erstarrte. Die Maus vibrierte. Und in diesem Moment spürte sie, dass mit ihr selbst etwas vorging. Ihre Schnurrhaare kräuselten sich zur Nase hin, bevor sie sich selbst mit heiserer Stimme sagen hörte: „Das Feuer! Wo kommt denn wieder dieses Feuer her?"
Argus stutzte. „Eine sprechende Katze?", wunderte er sich lautstark. „Wie kann das sein? Und ..." Er blickte sich um. „Ein Feuer? Was für ein Feuer meinst du denn?"
Kadabra und Bim kamen langsam wieder zu sich.
Der Magier drehte sich plötzlich um und lief aus dem Gang heraus, Kadabra immer noch fest umklammert. Denn dort, vor dem Eingang, knisterte es laut. Argus erschrak. Einer der vielen Büsche, die es rechts und links der Brücke gab, brannte lichterloh. Argus stürzte hervor und rief entsetzt: „Das Feuer! Wo kommt dieses Feuer her?" Er ließ die Katze fallen und riss sich den Umhang von den Schultern. Schnell begann er auf das Feuer einzuschlagen, um es zu ersticken.

Kadabra hingegen nutzte die Schrecksekunde des Magiers aus. Sie sprang auf Bim zu, wartete, bis die Maus sich festgekrallt hatte, und stürmte dann mit riesigen Sprüngen davon.
Die Flüche und Beschimpfungen von Argus begleiteten die beiden auf ihrem Weg.

TIEF IN ARGUS' HÖHLE

Alex stand immer noch am Fenster und blickte Kadabra und Bim nach, die schon vor einiger Zeit um die Straßenecke verschwunden waren. Er musste etwas tun. Jetzt. Mit beiden Händen klammerte er sich an Sahli. „Ich muss in die Höhle von Argus zurück. Zaubere mich dorthin, bitte!"

Sahli versuchte seinen Freund zu beruhigen: „Lass uns erst einmal nachdenken, Alex. Wir müssen uns schützen. Und dann weißt du doch auch gar nicht, was du tun sollst, wenn du in der Höhle angekommen bist."

„Liebe ist stärker als Hass. Diese Worte werden mir

irgendwie helfen. Sie müssen! Wenn ich dort bin, wird mir schon klar werden, was sie bedeuten. Versteh doch, ich muss endlich los! Argus ist hier. Das heißt, seine Höhle ist jetzt unbewacht."

Sally kam Alex zu Hilfe: „Er hat Recht, Sahli. Jetzt ist der richtige Moment."

Doch Liv sah das anders: „Ich glaube nicht, dass Argus die Höhle unbeobachtet lässt."

Im nächsten Moment entstand ein heilloses Durcheinander. Alle sprachen gleichzeitig aufeinander ein, bis ein lautes Fauchen sie unterbrach. Alle schreckten auf, als Kadabra über die Köpfe der Streitenden hinweg auf die Fensterbank sprang.

„Was ist denn hier los?", schimpfte die Katze. „Ihr macht einen Lärm, den man noch auf der Straße hört. Habt ihr denn keine Angst vor den Eltern?"

„Oh!" Alex schaute betreten zur Tür. „Da hat wohl niemand dran gedacht!"

„Kadabra!" Liv umfasste den Katzenkopf und drückte liebevoll ihre Stirn gegen die Kadabras. „Du bist wieder hier! Hast du Argus gesehen?"

Kadabra wollte antworten, doch Bim kam ihr zuvor: „Gesehen? Ha, von wegen nur gesehen. Gekämpft haben wir gegen ihn. Besiegt haben wir ihn!"

Sahli riss die Augen auf. „Besiegt?"

Und nun war es doch an Kadabra alles zu erklären: „Er hatte uns gefangen und wollte etwas an uns ausprobieren. Einen neuen Zauber." Und dann berichtete sie alles, was sie beobachtet hatte und was unter der Straßenbrücke geschehen war.

„Ein neuer Zauber also", grübelte Sahli und man hörte, wie unwohl ihm dabei war.

Alex' Gedanken gingen hingegen in eine völlig andere Richtung: „Dann wissen wir also, wo er sich versteckt. Wir wissen, er ist hier. Ich muss in seine Höhle. Zu Opa Aurelius."

Sahli schaute ihn an. „Wenn das dein Wunsch ist. Aber ich kann nicht mit dir kommen. Ich muss einen Bannzauber auf dieses Haus legen. Damit Argus abgewehrt wird. Aber für die ganzen Zauber muss ich in mich gehen, mich sammeln, mir meiner Kräfte bewusst werden. Alex, das dauert einige Zeit."

„Ich kann nicht mehr warten. Opa zu befreien ist jetzt wichtiger als alles andere!", erwiderte Alex.
Liv wandte sich Alex zu: „Du willst ohne Sahli zurück in die Höhle?"
„Klar wäre es besser ihn dabeizuhaben. Aber ich brauche keine Zauberkraft. Argus ist nicht dort."
Nun sprach auch Sally. „Aber du brauchst einen Freund an der Seite. Ich komme mit!"
Alex horchte auf. „Du?"
„Genau. Wir lassen dich nicht allein gehen!"
Und schließlich nickte auch Liv. Man sah ihr an, dass es nicht einfach für sie war ihre Schwester gehen zu lassen. „Ich bleibe dann hier bei Sahli und ihr beiden schaut nach Opa Aurelius."
Alex blickte auf seine Schuhspitzen. „Also, das finde ich jetzt echt klasse von dir, Sally. Ich meine, du kennst Opa gar nicht und ... Danke!"
Liv musste lachen. „Jetzt werd mal nicht direkt zur Heulboje. Das würdest du doch für uns genauso machen." Und damit war die Sache für seine Schwester erledigt.

Alex wandte sich an Sahli: „Kannst du uns zu Argus' Höhle bringen und auch wieder zurückholen?"
Sahli überlegte kurz. „Eine Zeitreise ist ein mächtiger Wunsch. Das kostet mich sicherlich viel Kraft. Ich muss die Dauer der Reise auf eine Stunde beschränken. Dann bleibt mir noch genug Magie für den Bannzauber. Und ihr werdet nach genau einer Stunde automatisch wieder in unsere Welt zurückgeholt."
„Das reicht aus", vermutete Alex.
Sally kicherte: „Genau! Schick uns in die Wüste, Sahli!"
Sie verabschiedeten sich voneinander, dann nahm Sahli die Zauberkugel hervor, stellte sich in seiner ganzen Größe auf, konzentrierte sich auf den Zauber, sprach die Formel und einige Augenblicke später waren Alex und Sally verschwunden.
Nur eine Sekunde danach klopfte es an der Tür. „Liv? Sally?"
Liv sprang auf die Füße und starrte Sahli an. „Oh nein, das ist Alex' Mutter! Los, versteck dich!"

Sahli sprang in den Kleiderschrank von Alex und zog die Türen hinter sich zu, als Liv auch schon die Zimmertür öffnete: „Ja?"
„Entschuldige die Störung", sagte Marianne höflich. „Aber ich muss doch mal nach euch schauen. Es war vorhin ziemlich laut hier oben. Und dann ..." Sie schaute in das Zimmer hinein. „Wo sind denn Sally und Alex?"
Liv hielt mit einer Hand die Tür auf und schaute selbst in den Raum, während ihre Finger hektisch gegen den Türrahmen trommelten. „Äh, weg."
„Weg?"
„Ja, äh ... versteckt. Sie ... verstecken sich. Weil wir nämlich spielen. Äh. Genau: Wir spielen Verstecken!"
Nun sah Marianne sie mit übergroßen Augen an. „Sally und du? Ihr spielt mit Alex Verstecken?" Sie schüttelte den Kopf. Marianne stand vor ihrer Stieftochter und glaubte ihren Ohren kaum. Dann lächelte sie und drückte Liv an sich. Sie legte ihre Wange auf den Kopf ihrer Tochter, atmete einmal tief ein und drehte sich dann um. Auf dem Weg ins Wohnzimmer

rief sie über ihre Schulter zurück: „Versucht ein bisschen leiser zu sein!"
Liv schloss die Tür und lächelte: „Marianne ist wirklich lieb", sagte sie, während sie die Schranktür öffnete, um Sahli wieder herauszuhelfen. Doch er bemerkte sie gar nicht. Zwischen Bettwäsche und Winterkleidung hatte er im Schneidersitz Platz genommen. Seine Augen waren geschlossen und er hielt die Kugel fest an sich gedrückt.
Liv verstand sofort. Sie musste Sahli alleine lassen. Er sammelte Kräfte. Nur eine der Sachen, die er seit seiner Befreiung über seine Fähigkeiten als guter Dschinn gelernt hatte.
Die Ruhe, die er ausstrahlte, wirkte ansteckend. Liv setzte sich ebenfalls im Schneidersitz auf den Boden, so dass sie Sahli noch anschauen konnte. Sie lehnte sich an die Heizung. Kurz bevor Livs Augen zufielen, kam Kadabra auf ihren Schoß geklettert. Und auch Bim rückte nah an sie heran. Liv lächelte. Sie kraulte mit einer Hand Kadabra die Ohren und öffnete die andere Hand, so dass Bim es sich darin bequem

machen konnte wie in einem Nest. Nur wenige Sekunden später war leichtes Mäuse-Schnarchen zu hören.

ZWISCHEN FLAMMEN UND EIS

Sally drehte sich und wirbelte im Kreis. „Ich kotze gleich“, rief sie aus und hielt sich beide Hände vor den Mund. Dann stand sie plötzlich still.

„So fühlen sich diese Reisen an“, erwiderte Alex, dem es nicht viel besser ging. „Ich hätte dich wohl vorwarnen sollen.“

Langsam kam Sally zu sich. „Nee. Alles okay.“ Sie blickte sich um. „Wo genau sind wir denn gelandet?“

Auch Alex’ Blick wanderte über die hohen Sanddünen dieser Wüste hinweg. Sand, so weit das Auge schauen konnte. Und darüber ein hellblauer Himmel.

„Wie schön es hier ist“, sagte Sally, dann wischte sie

sich über die Stirn. „Und etwas heiß." Auch sie ließ ihren Blick über die Sandlandschaft schweifen. „Und nun? Wo sollen wir hin?"

„Warte!" Alex hatte eine Ahnung. Eine Vermutung.

„Worauf soll ich warten?"

Alex legte einen Finger an seinen Mund. „Pssst!"

Sally schwieg. Sie spitzte die Ohren. Ebenso wie Alex.

Und dann konnten sie es hören.

Ein Brummen und Röhren.

Sally schaute besorgt in die Richtung, aus der die Geräusche kamen. „Was ist das?"

Doch Alex lachte erleichtert auf. „Freunde von uns", kicherte er und rannte los.

Sally lief ihm hinterher. Nach kurzer Zeit standen die beiden auf der Höhe einer Sanddüne und blickten auf die Oase, die vor ihnen lag. Es war ein Bild wie auf einer Postkarte. Hohe Palmen reckten sich neben dem klaren blauen Wasser in die Höhe. Einige kniehohe Büsche umrankten den See, der wie schlafend in all dem gelben Sand lag.

Und nun lachte auch Sally auf. „Ah, jetzt verstehe ich,

das sind unsere Freunde, was?“ Sie zeigte auf drei Kamele, die neben der Oase angebunden waren. Ihre Mäuler steckten tief im Wasser.

„Die Geräusche von vorhin, das war das Blöken der Kamele. Ich hab das schon einmal gehört. Als ich mit Sahli hier gewesen bin.“ Alex zeigte in die Ferne. „Dort ist übrigens die Stadt, in deren Nähe er lebte.“

Sally schaute in die Ferne. Sie erblickte hohe, runde Türme. Und auch einen Teil der hohen Stadtmauer konnte sie erkennen.

„Also sind wir dort, wo wir hinwollten?“

Alex nickte. „Irgendwo in der Nähe der Oase muss der Eingang zu Argus’ Höhle sein“, gab er zur Antwort und ging ihr voraus.

Sally suchte am Ufer, während Alex in der Nähe der Palmen forschte. Er schaute hinter die Büsche und sogar die Kamele schob er zur Seite. Auch Sally gab ihr Bestes, doch irgendwann hatten sie dreimal hinter jedem einzelnen Strauch nachgesehen.

„Hier ist nichts!“

Alex schüttelte den Kopf. „Ich erinnere mich an eine

Art Treppe, die hinunterführte", erklärte er. „Es waren einige Stufen. Argus konnte aufrecht hinuntergehen. Es muss also einen größeren Eingang geben."

Sally wischte sich mit der Hand über die schweißnasse Stirn. „Und du bist sicher, dass dies die richtige Oase ist?"

„Ganz sicher. Sahlis Zauber hat uns hierher gebracht. Es muss also hier sein! Uns läuft die Zeit davon!" Und zum fünften Mal sprang er hinter einen Busch und tastete den Sand darunter ab.

„Ich kann nicht mehr!", stöhnte Sally auf. „Irgendwas läuft hier schief!" Schwindelig von der Hitze ließ sie sich in den Sand fallen. Mit dem Oberkörper lehnte sie sich gegen die Palme. „Und diese Hitze", stöhnte sie noch einmal auf. „Alles ist so ... autsch!"

Alex horchte auf. „Autsch?"

Sally stand wieder auf und schaute auf den Stamm der Palme. „Da hat mich was gezwickt."

Alex untersuchte den Stamm der Palme. Er rieb mit der Handfläche über die Stelle, an der Sally gelehnt hatte, und schrie plötzlich selbst auf: „Autsch!"

„Hast du was entdeckt?"
Sally ging in die Hocke und beobachtete Alex, wie er an dem winzigen, spitzen Palmenstück herumfingerte, bevor er es nach oben biegen und regelrecht aufklappen konnte.
„Wahnsinn!", stießen beide wie aus einem Mund hervor.
Sie blickten auf einen roten Edelstein, der in den Stamm der Palme eingelassen war. Während Alex das Stück Palme nach oben hielt, streckte Sally die Hand aus und berührte den Edelstein. „Er ist ganz kalt", stellte sie überrascht fest. „Und er lässt sich bewegen!"
Sie fingerte in dem Stamm der Palme herum und zog den riesigen Edelstein schließlich heraus.
Im gleichen Moment begann der Boden unter ihnen zu beben. Schnell sprangen die beiden auf. Vor Schreck verlor Sally den Edelstein. Doch das war jetzt egal. Der Boden zitterte und rumorte immer stärker. Der Sand setzte sich in Bewegung. Ein Strudel bildete sich direkt in ihrer Nähe und gab den Blick auf eine Luke frei. Bald war sie in ihrer ganzen Breite zu sehen.

Alex ging einen Schritt darauf zu, griff nach einem Henkel und öffnete die Tür. Polternd fiel sie zur Seite und Alex schaute auf mehrere Stufen aus Lehm.

„Wir haben das Versteck gefunden!“, murmelte Sally ungläubig.

Alex setzte vorsichtig einen Fuß auf die erste Stufe. Und als er merkte, dass sie nicht nachgab und auch sonst nichts geschah, war er nicht mehr zu halten. Mit einem lauten „Opa“ stürmte er die Treppe hinunter.

Sally zögerte. Sie hielt das für keine gute Idee, andererseits wurde sie aber auch von Neugier und Sorge um Alex gepackt. Also rannte sie ihm hinterher.

Unten angekommen hätte Sally ihn beinahe angerempelt. Er stand nicht weit von der Treppe entfernt und schaute sich um.

„Was ist los?“, erkundigte sie sich.

Alex ging in die Hocke und deutete auf eine Stelle am Boden. Spuren von Sand waren dort zu erkennen. Ein runder Sandfleck, der zwischen all dem anderen Sand hervorstach, weil er eine andere Farbe hatte.

„Siehst du das?“, fragte Alex. „Der Sand ist weiß.

Nicht so gelb wie der Rest. Und diese Lücke in dem Sandkreis. Hier hat etwas gelegen. Etwas, das aussieht wie ..."

„... ein Tier?"

„Ja. Ein Tier mit mehreren Beinen, das kann man deutlich erkennen. Eine Spinne vielleicht oder ein Käfer?"

„Vielleicht ein Skorpion?"

„Aber wieso hat Argus Sand darübergestreut? Weißen Sand?"

Alex tippte mit seinen Fingerspitzen in den Kreis. Er zerrieb die feinen Körner zwischen den Fingern und tippte dann noch einmal hinein. „Oder aber dieses Tier war schon mit Sand bedeckt, als Argus ihn hier abgelegt hat und die Krümel sind von dem Tier hinabgefallen ..."

Alex gab sich einen Ruck. „Egal! Wir müssen zu Opa Aurelius. Wir haben nicht viel Zeit." Er fischte eine winzige Taschenlampe aus seiner Hosentasche, schaltete sie ein und ließ den Lichtkegel durch die Höhle wandern, bis der schwache Schein eine Stelle erreichte, an der leichte Nebelschwaden in die Höhe stiegen: das Eisgefängnis.

In seinen Träumen hatte Alex dieses Bild wieder und wieder vor Augen gehabt: Sein Großvater. Eingefroren – wie schlafend. Die Hände erhoben, den Kopf zur Seite geneigt.

„Wir kriegen dich hier raus, Opa!", sagte er flüsternd. Er machte einen Schritt auf das Eisgefängnis zu und sprach lauter: „Wir haben deinen Brief gefunden! ‚Liebe ist stärker als Hass!' Das kann doch nur bedeuten, dass jemand, der dich liebt, mehr erreichen kann als jemand, der gegen dich kämpft." Er machte noch einen Schritt auf das Eisgefängnis zu, bis er direkt davorstand.

„Ich hab dich lieb, Opa", flüsterte Alex und streckte vorsichtig eine Hand aus. Die Kälte des Eisblocks ließ Alex erschauern. Wie gern hätte er seinen Großvater berührt statt diesen eisigen Block. Doch dann spürte Alex, wie die Kälte unter seinen Fingern verschwand. Seine Hand sank ein winziges Stück tiefer in den Eisblock, während sich darunter Wasserpfützen bildeten. In hauchdünnen Rinnsalen floss das Wasser unter Alex' Hand heraus und an dem Eisblock herab. Sofort streckte Alex seine zweite Hand vor und presste auch sie gegen das Eis.

„Es funktioniert", schrie Sally begeistert und ihre Stimme überschlug sich. „Wow!"

Alex strahlte ebenfalls über das ganze Gesicht.

„Warte! Ich komme zu dir!" Sally war nicht mehr zu halten. Voller Freude rannte sie auf das Eisgefängnis zu.

Plötzlich erklang ein gigantisches Knacken. Es schmetterte durch die ganze Höhle. Sally blieb augenblicklich stehen. Sie war auf etwas getreten, nur wenige Schritte von dem Eisgefängnis entfernt. Sie wagte es nicht sich auch nur einen Zentimeter zu bewegen. Irgendetwas hatte sie mit ihrem rechten Fuß ausgelöst. Es zitterte.

„Du, ich glaub, ich brauche Hilfe!", sagte sie zögerlich, denn sie spürte, dass das Zittern unter ihrem Schuh stärker wurde.

Alex versuchte ruhig zu bleiben, was nicht leicht war.

„Das könnte eine Falle sein. Argus muss seine Höhle gesichert haben“, sagte er und versuchte die Panik zu bändigen, die ihm durch den ganzen Körper kroch.

Alex schaute zu seinem Großvater und auf die Stellen unter seinen Händen, an denen das Eis weiter schmolz. Er musste sich jetzt entscheiden. Was auch immer Sally ausgelöst hatte, sie mussten schnell handeln. Alex hatte keine Wahl. Er musste Sally helfen. Sonst waren sie beide verloren. „Tut mir leid, Opa!“

Es fiel ihm schwer sich von dem Eisblock abzuwenden, doch er gab sich einen Ruck und ging neben Sally in die Hocke. Mit der Taschenlampe leuchtete er auf ihren rechten Fuß.

„Kannst du sehen, worauf ich da stehe?“, fragte sie mit brüchiger Stimme.

Alex kniete sich auf alle viere und schaute unter Sallys Sohle. „Nein!“

„Oh no!“, rief Sally verzweifelt auf Englisch. „Kannst du denn erkennen, was da unter meinem Fuß zittert? Es wird stärker und stärker!“

„Wenn du den Fuß nur mal ein Stückchen anheben könntest", sagte er, doch Sally schüttelte den Kopf. „Nein! Das geht nicht!", sagte sie. „Ich habe kein gutes Gefühl, Alex! Das Zittern wird immer schlimmer! Bestimmt fliegt hier gleich alles in die Luft. Vielleicht werden wir von einer Schar Fledermäuse angegriffen. Vielleicht kommen auch nur die Kamele rein und beißen uns in den Hintern." Sie brüllte nun: „Aber ich will nicht mehr hierbleiben, um es abzuwarten!"
„Was sollen wir tun? Um zu fliehen, musst du dich bewegen!", erwiderte Alex. Mittlerweile lag er flach auf dem Bauch und versuchte verzweifelt irgendetwas im Licht der Taschenlampe zu erkennen.
Sally nickte. „Du hast Recht. Ich muss was tun. Das Zittern bedeutet nichts Gutes! Es fühlt sich an, als ob es gleich losgeht – egal, ob ich stehen bleibe oder nicht."
Alex konnte sehen, wie ihr Fuß vibrierte, und er ahnte, was sie vorhatte. Augenblicklich brach ihm der Angstschweiß aus. „Lass uns überlegen, ob es keine andere

Möglichkeit gibt", sagte er noch, doch Sally schüttelte den Kopf.

„Gleich!", sagte sie. „Gleich passiert was. Lauf, Alex! Lauf!"

Dann zog sie mit einem Ruck den Fuß in die Höhe. Augenblicklich zeigte sich, dass alle ihre Ängste begründet gewesen waren. Es brauchte keine Sekunde, da brach die Hölle über sie herein. Alles um sie herum war ein einziges Krachen und Donnern. Auf dem Boden, an den Wänden, ja sogar an der Decke bildeten sich tiefe Risse und Spalten, aus denen helle Flammen schossen. Flammen, die nach Sally und Alex züngelten.

„Raus hier!", schrie Sally. Sie drehten sich beide um, doch kamen nicht dazu loszulaufen, denn in diesem Moment bildete sich genau vor ihren Füßen die bisher größte Spalte. In Sekundenschnelle riss die Erde so weit auf, dass sie nicht einmal hinüberspringen konnten.

Draußen blökten die Kamele panisch. Ihre Schreie allerdings wurden leiser und Alex ahnte, dass sie flüchteten. Er war mit Sally also allein in dieser brennenden, einstürzenden Höhle, aus der es kein Entkommen gab.

Alex drehte sich zu dem Eisgefängnis um und zu seiner Erleichterung konnte er erkennen, dass der Teil der Höhle, der das Gefängnis umschloss, von der Zerstörung ausgenommen war. Der riesige Eisblock blieb völlig unberührt. Und Großvater sah aus, als schlafe er bei all dem Lärm um ihn herum einfach weiter.

Fieberhaft schaute Alex nach allen Seiten. Es gab kein Seil, an dem sie sich davonschwingen konnten. Es gab keine Stangen, keine Möbel zum Festhalten. Und schon wieder brach an ihrer Seite ein großes Stück des Bodens weg und Flammen schossen empor.

Sally und Alex standen auf einer letzten kleinen Insel in einem Meer aus Feuer.

„Hier kommen wir nicht raus!", schrie Sally und umklammerte Alex mit beiden Händen.

Alex blickte sich um und musste sich eingestehen, dass sie Recht hatte.

In diesem Moment gab auch dieses letzte Stück Boden, das ihnen bisher Halt gegeben hatte, mit einem lauten Krachen unter ihnen nach.

SAHLIS MAGIE

Liv wusste nicht, wo sie sich befand. Jemand berührte ihre Schultern. Sie öffnete die Augen und blickte auf Sahli. Ein Grinsen lag auf seinem Gesicht.

„Oh, bin ich eingenickt?“, fragte Liv. Dann fiel ihr ein, wie es dazu gekommen war. „Geht es dir besser? Hast du deine Kräfte wieder?“, fragte sie. Kadabra lag noch immer auf ihrem Schoß und auch Bims Schnarchen war weiterhin zu hören.

„Ja“, antwortete Sahli. „Ich bin bereit, den Bannzauber über das Haus zu legen.“

Er kniete sich in Richtung des Fensters und legte die Kugel auf den Boden. Dann schloss er die Augen, um sich zu konzentrieren. Langsam und sehr deutlich sprach er seinen Zauberspruch aus. Wenige Augenblicke danach begann die Kugel zu vibrieren. So stark wie noch nie zuvor. Dann schossen Lichtstrahlen aus ihr hinaus, so hell, dass Liv kurz die Augen schließen musste.

Sahli begann zu zittern. Schweißperlen bildeten sich auf seiner Stirn. Er ballte die Hände zu Fäusten.

Liv gefiel das alles gar nicht. Doch dann legte sich der Zauber. Das Licht in der Kugel erlosch.

„Geht es dir gut?“, fragte sie besorgt.

Sahli nickte. Er atmete tief ein und aus.

„Und?“, fragte Liv. „Was sollen wir jetzt tun?“

Sahli schaute grübelnd aus dem Fenster. Der Bannzauber hatte ihn sehr erschöpft, er konnte kaum einen klaren Gedanken fassen. In diesem Moment spürte er, dass etwas von ihm Besitz ergriff. Er bekam einen leeren Gesichtsausdruck und mit einem Mal leuchtete die Zauberkugel taghell auf.

Bim erwachte aus seinem Schlaf und schaute sich überrascht um. „Was passiert da gerade?“

Auch Kadabra schlug die Augen auf und schaute so

erstaunt wie Liv. Doch dann ahnte Kadabra, was passierte: „Die Stunde ist abgelaufen. Sally und Alex müssten ...“

Dann hörten sie Schreie. Laute, entsetzte Angstschreie. Das Licht der Kugel wurde noch stärker, breitete sich aus und zwei Gestalten erschienen darin: Alex und Sally. Sie zappelten und schrien.

„Sally! Alex!“ Liv sprang den beiden zu Hilfe, doch sie wurde von einem Arm umgerissen. Ihre Freunde schlugen weiterhin um sich, als würden sie um ihr Leben kämpfen.

„Sally!“, schrie Liv. „Alex! Beruhigt euch!“

Sahli hatte sich nun aus seiner Erstarrung gelöst und kam zu ihnen gerannt. „Hey!“, brüllte er. „Ihr seid in Sicherheit!“

Endlich bemerkten die beiden, dass sie nicht mehr in die Tiefe fielen.

Alex war der Erste, der sich umblickte. „Ist alles gut?“, fragte er. Grübelnd sah er zu Liv und Sahli. „Wenn ihr echt seid, dann ist alles gut.“

„Alles in Ordnung, Alex. Wir sind echt.“

Sally und Alex brauchten noch einige Sekunden, dann konnten sie wieder normal atmen.

„Ihr werdet niemals glauben, was uns gerade passiert ist!“, sagte Alex. „Sahli, dein Ein-Stunden-Automatik-Zauber hat uns das Leben gerettet – in letzter Sekunde.“

DIE ZEICHNUNG

„Der Bannzauber steht“, verkündete Sahli, nachdem sie über Alex’ und Sallys Erlebnisse geredet hatten. Die vier saßen ziemlich erschöpft nebeneinander auf dem Teppich. „Es hat mich und die Kugel zwar sehr viel Kraft gekostet, aber Argus kann dieses Haus nicht betreten. Hier sind wir sicher.“

„Ich würde ja viel lieber wieder zurück zu Opa, aber ...“, erwiderte Alex. „Argus hat etwas vor. Und ich denke, es hat mit dem Tier zu tun, das in seiner Höhle gelegen haben muss.“

Sally stimmte ihm zu: „Das denke ich auch. Diese Sandspuren waren zu auffällig und auch noch frisch.“

„Wenn wir wenigstens wüssten, was für ein Tier das

war“, gab Liv zu bedenken. „Oder wieso dort weißer Sand lag. Vielleicht könnten wir googlen oder in irgendeinem Lexikon blättern? Aber …“

„Nachblättern!“ Alex sprang auf die Füße. „Liv, das ist *die* Idee!“

Er rannte zu seinem Schreibtisch und zog aus der untersten Schublade ein Notizbuch hervor.

„Das Notizbuch von Opa Aurelius“, entfuhr es Sahli. „Natürlich!“

Schon steckte er mit Alex den Kopf hinein.

„Als ich zum letzten Mal bei Oma Ilse darin geblättert habe, konnte ich hauchdünne Skizzen auf den Seiten sehen. Und eine davon sah aus wie …“

Er blätterte in dem Buch, dann rief er: „Hier, ich hab's!" Hastig legte er das Buch offen auf den Boden in seinem Zimmer, so dass Sahli, Liv und Sally es auch sehen konnten. Sie mussten sich allerdings weit vorbeugen, um die hauchdünnen Linien zu erkennen.
Alex blickte zu Sahli, dann zu der Zauberkugel, dann wieder auf das Buch. „Sahli", sagte er grübelnd. „Erinnerst du dich noch, wie ich dich aus der Zauberkugel befreien konnte?"
Sahli verstand sofort, worauf sein Freund hinauswollte. „Du meinst den Moment, als du die Kugel auf das Buch gelegt hast. Auf die Skizze des roten Edelsteins? Super Idee!" Er sprang auf, packte sich die Zauberkugel und legte sie direkt auf die Skizze.
Alle Blicke waren fest darauf gerichtet, doch es tat sich nichts. Sahli drehte die Kugel hin und her, dann hielt er sie darüber, dann stieß er die Seite mit dem roten Edelstein an, doch das alles war völlig umsonst.
Sally schüttelte den Kopf. „Lass mal, Sahli. Das wird nichts."
„Weil ihr nicht richtig nachdenkt", sagte Liv. „Die

Zauberkugel wurde gebraucht, um Sahli aus der Kugel zu retten."

Alex verstand, worauf sie hinauswollte: „Und um das Rätsel dieses Tieres zu lösen, müssen wir etwas benutzen, das direkt mit dem Tier zu tun hat." Alex schaute auf eine seiner Hände. Er reckte seine Finger, dann führte er den Daumen zur Spitze seines Zeigefingers. „Ich habe doch in Argus' Höhle diesen hellen Sand berührt", sagte er schließlich. „Und winzige Körnchen davon hängen noch unter meinem Fingernagel. Vielleicht sollte ich ..."

Er drehte seine Hand herum und berührte vorsichtig mit den Fingerspitzen das Papier des Zauberbuches. Die beiden winzig kleinen Sandkörnchen, die noch unter seinem Fingernagel steckten, fielen auf die Seite. Dort wo man eine Skizze erahnen konnte.

Es brauchte nur einen winzigen Moment, da erzitterte das Papier. Schwarze Linien bildeten sich um die blasse Zeichnung, schlossen sie ein und schließlich zeigte sich deutlich der Umriss eines Skorpions.

„Alex, wir hatten Recht", brachte Sally beinahe tonlos

vor Ehrfurcht hervor. „Das war ein Skorpion in der Höhle."

Alex wollte ihr antworten, als sich die Linien des gezeichneten Skorpions plötzlich bewegten. Liv schrie auf. Sally legte eine Hand um die Schulter ihrer Schwester, ohne den Blick vom Buch abzuwenden. Die Skizze auf dem Papier zappelte. Es schien, als wolle der Skorpion sich befreien. Von dem Papier, auf das er gezeichnet war.

Und schließlich geschah es: Das Tier löste sich von seinem Untergrund und begann auf der oberen Hälfte der Buchseite herumzukrabbeln. Und wo immer die Beine des Skorpions das Papier streiften, bildeten sich Buchstaben. Dann setzte er sich wieder auf seinen früheren Platz. Dort zuckte er noch einmal auf, wand sich, bevor seine schwarzen Linien langsam verblassten und er wieder zu der hauchfeinen Skizze wurde, die er vor dem Beginn des Zaubers gewesen war.

„Wow!", stieß Sally hervor. Alle starrten wie gebannt auf den Skorpion, bevor sich Alex aus seiner Konzentration löste und nach dem Buch griff.

„Das ist Großvaters winzige Handschrift“, sagte er, als er sich die Buchstaben ansah, die der Skorpion sichtbar gemacht hatte. „Diese Seite ist von Großvater beschrieben worden!“

„Na los!“, drängte Liv. „Lies schon vor, was er schreibt!“

Alex fuhr mit seinen Fingern erst einmal über die Buchstaben auf der Seite. Gerade so, als wolle er sich vergewissern, dass sie auch wirklich echt waren. Dann las er vor:

Forschungsgegenstand:

SCHAMANE, DER Der Begriff ‚Schamane' stammt aus dem 17. Jahrhundert, doch den ‚Schamanismus' gab es schon sehr viel früher. Ein Schamane ist vergleichbar mit einem Medizinmann.

Schamanen haben eine besonders enge Verbindung zur Natur. Sie können mit ihrer Seele zwischen Welten reisen und die Seelen anderer begleiten, manchmal sogar kontrollieren. Mit der Kraft aus den Tiefen der Erde, dem Licht der Sterne, der Stärke der Tiere und vielem mehr können sie Krankheiten heilen, aber auch mächtige Zauber heraufbeschwören. Je stärker ein Schamane mit seiner Umwelt verbunden ist, desto stärker ist seine Macht.

FLUCH, SCHAMANISCH Um einen Zauber wirkungsvoll durchführen zu können, greifen Schamanen der frühen Menschheit gern auf Tiere als Werkzeuge zurück. Dabei übertragen sie in einem bestimmten Ritual ihre Befehle und Gedanken (Fluch) auf ein Tier, das wie ein Träger nach dem Ritual diese Befehle an einen bestimmten Menschen weitergibt.

Zu den meisten Flüchen dieser Art gibt es eine Erlösung. Um das Opfer zu befreien, bedarf es oft nur einer unkomplizierten Handlung. Allerdings richtet sie sich stets nach dem jeweiligen Fluch und Tier.

Protokoll meiner Forschungsreise, Juni, Steppe nahe des Südatlantik

Der Ort, zu dem man mich eingeladen hatte, wird allgemein die ‚Steinzeitebene' genannt. Eine Gruppe von Archäologen, unter der Leitung des genialen Dr. Ferdinand Meyer, war auf eine Steinzeitsiedlung gestoßen und man benötigte meinen Rat. Zuerst konnte ich mir nicht erklären, warum man mich, einen Professor für Okkultes und Magie, zu dieser Ausgrabungsstelle rief, doch als ich dort ankam, wurde es mir schnell klar. Es war sogar ein großes Glück für mich und meine Forschung, dass die Wissenschaftler an mich gedacht hatten. Ich durfte die Überreste eines uralten Zaubers untersuchen. Es war mein erster Kontakt mit Überresten dieser Art. Eines Schamanenrituals, das wohl aus der Urzeit des Menschen stammen musste. Die Ausgrabungen haben den Beweis für die Existenz dieses Zaubers geliefert. So hat diese unglaubliche Geschichte aus der Steinzeit ihren Platz in meinem Notizbuch der wahren Magie verdient.

Die Ausgrabungsstätte liegt inmitten einer trostlosen Steppe, unter einem mächtigen Felsen. Er besitzt an seinem oberen Ende keinen spitzen Gipfel, sondern eine flache Ebene. Auf dieser Hochebene zeigte mir mein verehrter Kollege Ferdinand Meyer eine geheimnisvolle Entdeckung: Unter einer hohen Sandschicht, die von ihm und seinen Kollegen abgetragen worden war, hatten sie eine größere Sammlung an Steinen entdeckt. Ihre Anordnung war so speziell, dass Ferdinand Meyer und sein Team vermuteten, es müsse sich um Werkzeuge eines magischen Rituals handeln. Und tatsächlich: Meine Nachforschungen bestätigten, dass diese Steine Teil eines gigantischen Zaubers waren. Ich war mir völlig sicher, dass ich auf das Werk eines mächtigen Schamanen blickte.

Ich richtete mich im Lager der Archäologen ein, um die Steinkonstellation weiter zu untersuchen. Eines Nachts entfernte ich mit Hilfe eines Assistenten einen der Steine und bemerkte ein weißes Licht, das unweit des Steinfeldes am Rande der Hochebene aufleuchtete. Wir bewegten den Stein zurück an seinen Platz und das

Licht erlosch. Als wir aber den Stein erneut bewegten, erstrahlte das Licht wie zuvor.

Waren wir selbst Teil des Zaubers geworden? Was ging hier vor sich? Ein ungutes Gefühl beschlich mich, doch darin liegt ja der Reiz meiner Arbeit.

Ich eilte zum Ursprung des Lichts an den Rand der Hochebene. Meinen Assistenten wies ich an, auf mein Signal den Stein erneut zu bewegen. Daraufhin schien die Erde zu leuchten. Ich kniete nieder und buddelte mit einer kleinen Schaufel ein Loch direkt über dem Licht. Bald wurde ich fündig. Unter einer dünnen Schicht von hellen Sandkörnern, wie es sie nur in dieser Gegend gibt, legte ich einige Skorpione frei, die wie versteinert wirkten. Auch sie mussten uralt sein. Ich beugte mich also hinab, streckte die Hand aus, wobei einige von den winzigen Sandkörnern, die sich noch von dem Stein auf meinen Fingern befanden, auf einen Skorpion rieselten. Und in diesem Moment geschah das Sonderbare: Dieser Skorpion erwachte zum Leben. Er zuckte und er zappelte und lief schließlich vor mir über die Erde, bis alle Sandkörner von ihm

herabgefallen waren. In diesem Moment versank er wieder in seinen Schlaf.
Man mag dies alles kaum glauben, doch ich versichere: Es gelang mir, mehrere von diesen Tieren zum Leben zu erwecken. Man braucht nur etwas hellen Sand von den rituellen Steinen auf diese versteinerten Skorpione zu streuen, dann erwachen sie zum Leben.
Ich verbrachte einige Monate bei den Ausgrabungen in der Steinzeitebene und führte unzählige Experimente durch. Nach und nach wurde mir bewusst, dass man mit diesen Skorpionen ungeheure Macht über Menschen erhält. Eine gefährliche Macht. Und es gibt nur ein einziges Gegenmittel. Ich habe lange gebraucht, um dies herauszufinden: Wenn ein Mensch in dem Bann des Skorpionfluches steht, dann besteht die einzige Möglichkeit, ihn zu retten darin …“

Alex stoppte.
Sahli, Kadabra, Bim, Sally und Liv starrten ihn fasziniert an. Sie hatten die ganze Zeit an seinen Lippen gehangen und brauchten einen Moment, um zu verstehen, dass der Bericht hier endete. Doch dann beschwerten sie sich beinahe gleichzeitig:
„Lies weiter!“
„Kommt jetzt die Werbung, oder was?“
„Weiter! Mach's nicht so spannend!“
Alex schaute betreten in die Runde. „Das war's. Mehr steht da nicht!“
„Was?“
Alex drehte das Buch in seinen Händen so herum, dass alle die beschriebene Seite sehen konnten.
„Großvaters Notizen enden auf dieser Seite und ...“
„... und die andere Seite ist nicht beschrieben?“, versuchte Sally das Ganze zu verstehen.
„Doch. Äh, wahrscheinlich. Also, ganz bestimmt!“, grübelte Alex. „Aber diese Skorpionzeichnung ist vorhin nicht darübergelaufen.“
Und nun verstand auch Sally: „Weil du nur zwei

Körnchen des Sandes hattest, den wir in Argus' Höhle gefunden haben."

Liv schüttelte ungläubig den Kopf. „Das heißt, wir haben das Tierchen nicht genug gefüttert, oder was?"

Alex nickte. „Ich glaube schon."

Kadabra schielte auf Alex' Hände. „Hast du noch was unter den Fingernägeln stecken?"

„Igitt!", machte Liv. „Ich will gar nicht wissen, was da alles drunterklebt."

Alex befühlte mit dem Daumen alle seine Finger. „Nein, tut mir leid. Da ist nichts mehr!"

Sally verdrehte die Augen. „Ich fasse mal zusammen: Da bedroht uns ein hässlicher, alter Magier mit einem total gefährlichen Zauber. Einem Zauber, den er sich wohl in der Steinzeit besorgt hat, wenn wir alles richtig kombiniert haben. Einem Zauber, der sogar deinen Großvater das Fürchten gelehrt hat. Unser Leben steht also auf der Kippe und wir können uns nicht wehren, weil deine Finger zu sauber sind?"

Alex zog die Schultern in die Höhe. „Ich hätte das jetzt nicht so ausgedrückt, aber: Ja, so ist das wohl!"

Sally schnaubte wütend. Das war ziemlich ungerecht! Sahli allerdings erhob sich von seinem Platz und ging zum Fenster. „Ich denke, es gibt nur eine einzige Lösung", sagte er. „Wir haben ihm gegenüber nur einen Vorteil. Wir wissen, was er vorhat. Dank Kadabra und Bim!" Hier nickte die Katze voller Stolz. „Wir müssen zu Argus und ihm den Zauber-Skorpion stehlen."

Liv schaute zu Sally, Sally schaute zu Liv, dann schossen ihre Blicke zu den beiden Jungs. „Ihr wollt da hin? Zu dem gruseligen Typen?"

Alex rümpfte die Nase. „Ist bis jetzt der beste Plan, den wir haben."

Kadabra wagte einen Einwand: „Ich bin mir nicht so sicher, dass wir im Vorteil sind. Wir haben euch doch erzählt, was passiert ist. Durch das brennende Gebüsch ist er gewarnt. Auch wenn ich noch immer nicht verstehe, warum zurzeit immer irgendwas abbrennt, so hat es doch bestimmt mit meinen Blicken in die Zukunft zu tun, also mit Zauberei. Und das weiß sicher auch Argus und ..."

„... und ist wütend auf uns“, ergänzte Bim. „Er ist bestimmt mächtig sauer.“

Liv hob einen Finger in die Höhe: „Dennoch: Es ist bis jetzt der einzige Plan, den wir haben.“

„Aber ist der erste auch immer der beste?“, fragte Kadabra. „Vielleicht fällt euch noch etwas Besseres ein?“

Die Zwillinge dachten nach. Sie tuschelten miteinander, dann dachten sie wieder nach, bevor sie wieder tuschelten, nachdachten, tuschelten und schließlich zugeben mussten: „Nö!“

Nun erhob sich auch Alex von seinem Platz. „Dann ist wohl klar, was wir zu tun haben! Wir müssen Argus zuvorkommen. Wir müssen ihn überraschen! Das ist unsere einzige Chance.“

Bim schaute ängstlich. Sahli streichelte das zerzauste Fell der Maus. „Mach dir keine Sorgen, Bim. Wir haben Kadabras Fähigkeiten auf unserer Seite. Außerdem kann ich meine Zauberkräfte besser einsetzen als früher.“ Er lächelte. „Und wir sind viele! Argus ist ganz alleine.“

DAS VERSTECK

„Du, Alex, eine Frage habe ich an dich“, sagte Liv, während sie mit den anderen zur Straßenbrücke ging. „Dein Großvater, Opa Aurelius, hat er auch magische Kräfte?“

„Was? Opa? Nein, ganz bestimmt nicht.“

„Aber wie hat er dann sein Notizbuch erschaffen können? Seine Berichte erscheinen immer erst, wenn wir seine Sicherheitsvorkehrungen überwunden haben. Die Skizze des Skorpions oder die Flecken, die Sahlis Zauberkugel aktiviert haben?“

„Nun, das ...“ Alex stutzte. „Das ... äh ... ist eine gute Frage. Ich ...“ Alex war verblüfft. Darüber hatte er noch gar nicht nachgedacht. Ob Opa Aurelius mit einem Magier in Verbindung stand? Oder ob er selbst wohl einige Zauber beherrschte? Oder ob ...

„Wir sind da!“, zischte Kadabra und riss Alex damit aus seinen Gedanken. „Dort vorn ist die Straßenbrücke.“

Sie standen etwa hundert Meter von Argus’ Versteck entfernt. Im Dunkel der Nacht waren nur grobe Umrisse zu erkennen.

„Wir hätten wenigstens bis zum Tageslicht warten können“, schimpfte Liv, die ihre Angst in dieser Dunkelheit nur schwer verbergen konnte.

„Oder so lange warten können, bis ich mein Abitur gemacht habe“, ergänzte Sally, deren Stimme ebenfalls verängstigt klang.

Kadabra wandte sich den Mädchen zu. „Wie wäre es, wenn ihr beiden hier draußen wartet?“

Doch Liv und Sally waren empört: „Ach, typisch. Bloß, weil wir Mädchen sind, oder was?“

„Die Jungs können Helden sein und wir stehen nur als Deko in der dunklen Landschaft herum?“

Kadabra schüttelte so heftig den Kopf, dass Bim auf

ihrem Rücken etwas übel wurde. „Nee, wir brauchen doch Bewachung. Wenn wir jetzt alle im Rudel in Argus' Versteck gehen, dann ist die Gefahr größer, dass wir entdeckt werden. Und es ist gut, wenn hier draußen noch jemand wartet. Falls wir Hilfe brauchen."

Sally zog eine Augenbraue hoch. „Wir sollen also wieder alles richten, wenn ihr Mist baut?"

Kadabra dachte kurz nach: „Na, so hätte Alex das wohl nicht ausgedrückt, aber: Ja. Genau das ist euer Job."

Die Zwillinge stimmten ein. „Na, damit kennen wir uns ja aus. Dann los! Geht mal Mist bauen!", sagte die eine.

„Klar!", gab Alex zurück, dann ging er mit Sahli, Kadabra und Bim los.

„Das war so nett von dir! Du bist so eine weise, eine diplomatische, eine pädagogisch wertvolle Katze", schwärmte Bim, als sie außer Hörweite waren. „Du bist so ..."

„... so hungrig auf frische Maus, wenn du nicht bald

die Klappe hältst“, sagte Kadabra, so dass Bim schnell wieder schwieg.

Inzwischen waren sie der Brücke so nah, dass die Freunde zu schleichen begannen.

Allmählich wurde es auch Sahli und Alex bang. Sie spürten, wie die Angst sich in ihren Körpern ausbreitete. Mit Bedacht setzten sie ihre Schritte, stets aufmerksam, dass sie keinen Zweig zerbrachen oder gegen etwas stießen.

Wie gern hätte Alex eine Taschenlampe eingeschaltet!

Als sie nur noch wenige Meter von dem Schacht unter der Brücke entfernt waren, blieben sie stehen.

„Seht ihr Argus?“, flüsterte Alex kaum hörbar seinen Freunden zu.

„Nein“, kam es flüsternd von Sahli zurück.

„Nein“, bestätigte auch Kadabra.

„Ich will den sowieso nie wieder sehen“, wisperte Bim.

Sie rückten näher heran. Es gab kein Geräusch. Keine Bewegung. Es gab nichts. Nichts außer dieser Stille und dem Klopfen ihrer Herzen.

Sie postierten sich rechts und links des Schachtes und

Alex wagte einen Blick in den Gang hinein. Im grauen Licht der Nacht konnte man einen Tisch erahnen. Doch ansonsten ...

„Leer“, flüsterte Alex und machte einen Schritt in den Schacht hinein, dicht gefolgt von seinen Freunden. Sie wagten noch einen Schritt und noch einen und dann schreckten sie auf!

Unter donnerndem Lärm rammten um sie dicke, silberne Gitterstäbe in die Höhe und versperrten ihnen den Weg. Sie saßen in der Falle!

Die Stäbe standen so eng und dicht beieinander, dass niemand von ihnen hindurchkonnte. Niemand außer Bim. Doch die Maus dachte nicht an Flucht. Ihre Angst lähmte sie. Niemals hätte sie sich von ihrer Katze entfernt. Zitternd krallten sich ihre kleinen Pfoten in Kadabras Fell.

Ein Lachen erklang. Wie aus Hunderten von Krähenkehlen.

„Ich wünsche euch einen schönen Abend“, scherzte Argus. „Ich freue mich immer, gute Freunde wiederzusehen.“

Alex spürte, wie Sahli an seiner Seite erstarrte. Der Anblick des mächtigen Dschinns war zu viel für ihn. Also übernahm Alex das Sprechen. „Freunde? Hinter Gittern?“

Argus winkte müde ab. „Ach, das dürft ihr nicht persönlich nehmen. Das ist so meine Art, Besucher willkommen zu heißen.“

„Aha. Das erklärt, warum Ihr keine Freunde habt! Ich hätte da ein paar Tipps, wie man das ändern könnte.“

„Danke, kein Bedarf.“ Argus trat vor und klopfte gegen die Gitterstäbe. „Ich bin glücklich mit dem, was ich habe, nicht wahr?“ Er trat dichter an die Stäbe heran und erblickte Kadabra und Bim. „Ich ahnte bereits, dass diese beiden Tiere zu euch gehören.“

Er wandte sich Sahli zu und schaute ihm fest in die Augen. „Na, kleiner Sahli, hast du dir magische Freunde geschaffen? Das wird dir alles nichts nützen. Deine winzigen Fähigkeiten können mir nichts anhaben. Du bist wie eine Fliege, die mich bei meinem Nickerchen stört. Lästig, aber harmlos.“ Er lachte noch einmal auf. „Wie fühlt es sich an, das Leben außerhalb der Zauberkugel? Hast du dich daran gewöhnt? Schade, denn noch heute Nacht wirst du wieder in deiner Kugel sitzen. Für den Rest der Unendlichkeit."

Sahli tat einen Schritt zurück. „Bitte, lasst mich doch einfach in Frieden."

Argus hob einen Zeigefinger. Wie ein Lehrer stand er vor Sahli. „Na, na, na. Was ist das denn für ein Benehmen? Seit wann dürfen kleine Dschinn Wünsche äußern? Wir wollen uns doch an die Traditionen halten, oder?"

Alex blickte sich nach allen Seiten um. Er suchte nach einer Möglichkeit zur Flucht, doch es wollte ihm nichts einfallen. Und wenn sie jetzt nach Sally und Liv rufen würden, hätte der Magier die beiden auch bald in seinem Griff. Nein, es musste etwas anderes sein. Etwas ...

In diesem Moment wandte sich Argus an ihn: „Gib dir keine Mühe. Hier kommt ihr nicht mehr heraus. Beim letzten Mal konntet ihr mich überlisten, doch dieses Mal bin ich vorbereitet."

Mit einer Hand griff Argus in die Tasche seines Umhangs und zog etwas heraus. Im ersten Moment sah es für Alex aus wie ein grauer Stein, gerade mal faustgroß. Doch dann erkannte er, dass es die Figur eines Skorpions war.

„Leider habe ich nur diesen einen verfluchten Skorpion", sagte Argus. „So kann ich nur einen nach dem anderen von euch verwandeln. Also: Verlieren wir nicht noch mehr Zeit. Lasst uns zur Tat schreiten!"

Argus hielt den Skorpion in der einen Hand, griff mit der zweiten an seine Gürtelschnalle und schaute auf Sahli.

Sahli drückte sich gegen die Wand des Schachtes, als ob er durch sie hindurch verschwinden wollte. Er schaute voller Angst auf den Magier.

In Alex hingegen raste es. Er suchte fieberhaft nach einer Möglichkeit hier herauszukommen.

Argus blickte zu seinem Tisch hinüber, wo die Schale mit den Steinen lag.

Alex verstand: Es war alles vorbereitet. Die Steine, mit denen Argus seine magische Kraft und die Macht des Skorpionfluches vereinte, waren in der richtigen Position. Wenn Alex nur an diese Steine herankommen könnte!

Sein Blick fiel auf Bim. Sie könnte doch ...

Plötzlich riss die Maus ihre Augen auf und wurde ganz steif. In ihren Schnurrhaaren zeigten sich winzige Blitze. Und im selben Moment sprach Kadabra mit heiserer Stimme: „Oh nein! Was für ein Unglück!"

Damit zog sie die Aufmerksamkeit von Argus auf sich. Der Magier wandte sich zu ihr um. „Was rufst du da? Hast du wieder eine Vision?"

Jetzt! Alex zögerte keine Sekunde. Während Kadabra und Bim wieder zu sich kamen, stieß er Argus fest durch die Stäbe hindurch an!

„He!", schrie der Magier und packte den Skorpion fester. Beinahe hätte er ihn fallengelassen. „Was soll denn das?"

Doch Alex lächelte. Von dem Skorpion rieselte etwas weißer Sand herunter, direkt auf Bims Kopf.

„Lauf!", schrie Alex ihr zu. „Lauf zu Liv und Sally! Bring ihnen ein Geschenk!"

Kadabra nickte und Bim gehorchte. Sie verlor all ihre Angst und begann zu laufen.
Argus wollte sie stoppen, doch in diesem Moment sah er, wie eines der Tischbeine von Flammen umspielt wurde.
Argus schrie auf: „Oh nein! Was für ein Unglück!"
Er vergaß Bim, sprang erschrocken auf und rannte zum Tisch. Dort fiel er auf die Knie und löschte die Flammen. Dabei schimpfte und fluchte er so laut, dass es in dem Gang unter der Brücke wie ein Echo widerhallte.
Bim allerdings war schon am Ausgang der Höhle. Sie hatte verstanden, was Alex von ihr wollte. Die Hoffnung der Freunde lag einzig und allein auf ihr.

EINGESCHLOSSEN IN MAGIE

„Wohin hast du die Maus geschickt?" Argus war völlig außer sich. Er sprang wütend vor Alex auf und ab und wedelte mit den Fäusten. „Nun sag schon, du Sohn eines Dromedars. Was hast du vor?"

Alex biss sich auf die Lippen. Neben ihm stand Sahli mit geschlossenen Augen. Er versuchte Argus auszublenden. So wütend war der Dschinn noch Furcht einflößender. Mit einem Mal kamen Erinnerungen in Sahli hoch. Wie Argus ihn verflucht und in die Kugel gesteckt hatte. Wie er den Jungen aus seinem Zuhause gerissen und ihn mit sich genommen hatte. Und auch, wie boshaft er Sahli und Alex in Argus' Versteck entgegengetreten war, mit seinem fiesen Lachen im Gesicht. Und schon spürte Sahli wieder diese Angst bis tief in seine Knochen hinein.

Argus griff durch die Stäbe und packte Alex am Kragen. „Wirst du wohl reden, du falsche Schlange!" Argus' Wut steigerte sich mit jeder Sekunde. „Du sollst mir gehorchen! Hast du vergessen, wie viel Macht ich besitze?" Fern seiner Höhle und seiner magischen Gegenstände fühlte er sich geschwächt. Er hatte lediglich die Steine mitgenommen, die er für den Skorpionzauber brauchte. Alles andere lag in seinem Zuhause. Er hätte platzen können vor Wut. In dem Sack unter seinem Tisch, in seinem Versteck, lag die Flasche mit dem Wahrheits-Serum, das jeden Menschen und jeden Geist zum Sprechen bringt. Diese Flasche brauchte er jetzt hier. Doch ein Sprung in die Zeit und zurück, das würde er mit seinen Kräften kaum schaffen. Er war nicht mehr der Jüngste.

Nun verfluchte er sich selbst, dass er an einen solchen Fall nicht gedacht hatte.

Also gab Argus es auf den Jungen zu befragen und dachte nach. „Wohin wirst du diesen Winzling schon geschickt haben? Hilfe holen? Das glaube ich nicht. Wer sollen diese Sally und Liv schon sein? Keine Gegner für mich." Allmählich beruhigte er sich. Es gefiel ihm plötzlich, wie er die ganze Sache anging, mit Verstand und Ruhe.

„Vielleicht möchte die Maus eine Waffe besorgen, die ihr gegen mich und meinen Zauber richten könnt?", grübelte er weiter. „Doch was soll das sein? So etwas könnt ihr beiden nicht kennen." Seine Wut verflog. Er war sicher, das Richtige zu tun. „Auch wirst du sie nicht irgendwohin geschickt haben, wo sie einen Zauber gegen mich beschaffen kann. An welchem Ort sollte das sein?" Und endlich wurde ihm klar: „Ich habe nichts zu befürchten! Es kann mir egal sein, was diese Maus gerade anstellt." Er plusterte sich auf. „Und überhaupt! Was mache ich mir hier Gedanken über eine Maus? Ich, Argus, mächtigster Dschinn aller Zeiten. Mit dem Fluch des Skorpions werde ich wieder Macht über euch gewinnen."

Er sah die beiden Jungen mit einem Blick an, der Sahli und Alex das Blut in den Adern gefrieren ließ. Dann zog er den Skorpion hervor.

„Hör doch nur! Jetzt ist wieder alles ruhig! Erst hat Kadabra geschrien, dann der Alte. Dann haben wir dieses Feuer gesehen und jetzt ... Stille!“

Liv trommelte nervös mit ihren Fingern. Ihr gefiel das alles nicht. Ganz und gar nicht.

Auch Sally wollte nicht mehr warten. „Ich fürchte, die Jungs stecken so in der Krise, dass sie gar nicht mehr um Hilfe rufen können“, vermutete sie.

„Aber ist das nicht immer so, bei allen Jungs?“, warf Liv ein und beide hätten normalerweise laut losgelacht. Doch ihnen war nicht zum Lachen zu Mute.

In dieser Sekunde sahen sie Bim. Aufgeregt kam die Maus auf die Mädchen zugerannt. „Schnell!“, rief Bim schon von weitem. „Ich brauche eure Hilfe!“

Die Zwillinge gingen in die Hocke. „Was ist los?“

Bim war völlig außer Atem und konnte kaum sprechen: „Argus. Er hat Alex. Und auch Sahli. Und Kadabra. Gleich ..." Sie rang nach Luft. „Gleich ... der Skorpion ... der Fluch ..."

„Oh nein!" Liv nahm die Maus auf ihre Hand. „Was können wir nur tun?"

Nun lächelte Bim ihr entgegen. Sie hob eine Pfote, führte sie zu ihrem Kopf und wuschelte sich einige der weißen Sandkörner aus dem Fell. „Ich habe ein Geschenk für euch. Die sind vom Skorpion gefallen", sagte sie und allmählich wurde ihr Atem wieder ruhiger.

Liv verstand sofort. „Damit können wir den gezeichneten Skorpion in Opas Notizbuch wiedererwecken ..."

„Dann wissen wir, wie man den Fluch des Skorpions brechen kann!", lachte Bim ihr entgegen.

„Genial!", murmelte Liv. „Sally, wir müssen nach Hause."

Sally winkte ab. „Lauft ihr nur. Ich bleibe hier. Vielleicht werde ich noch gebraucht."

Liv war es nicht recht, ihre Schwester allein zurückzulassen, doch sie sah ein, dass es schlauer war. „Wir sind gleich wieder da“, versprach sie und rannte mit Bim davon.

Sahli hätte sich gern gewehrt. Er stand jetzt außerhalb der Gitterstäbe. Doch Argus' Griff umschloss mit solcher Kraft Sahlis Schultern, dass er sich keinen Millimeter bewegen konnte. Alex steckte wütend und hilflos hinter den Gitterstäben. Er riss die Arme in die Höhe, steckte sie durch die Gitter, um Sahli zu packen und aus Argus' Händen zu reißen, doch seine Finger erreichten den Jungen nicht.

„Wehe, du tust ihm was!“, schrie Alex den Magier an, doch der beachtete ihn nicht. Argus war zu sehr mit seinem Plan beschäftigt. Er hielt Sahli mit einer Hand fest, während in seiner anderen die Figur des Skorpions lag. Dann murmelte er eine seiner Formeln, bevor er den Skorpion in Sahlis Hände setzte.

In Sahlis Kopf herrschte plötzlich Leere. Alle Gedanken waren wie weggeweht. Es fühlte sich an, als wäre er selbst verschwunden. Er wusste nicht mehr, wo er war. Auch nicht mehr, was er mal gewollt hatte. Für ihn gab es in diesem Moment nur noch eines: Argus zu gehorchen.

Sally konnte nicht mehr warten. Sie musste wissen, was sich in dem Gang unter der Straßenbrücke abspielte. Doch von ihrem jetzigen Wachposten aus konnte sie nichts sehen! Also schlich sie langsam los. Kurz überlegte sie, ob sie auf allen vieren vorwärts kriechen sollte, das verwarf sie wieder. Immerhin hatte sie ihre Lieblingsjeans an. Bald hatte Sally einen Punkt erreicht, von dem sie etwas erkennen konnte: die Gitterstäbe und dahinter den verzweifelten Alex. Dann sah sie Argus, der vor Sahli rumhüpfte und mit den Armen wedelte. Sahli stand – völlig versteinert – vor der feuchten Schachtwand. Er hielt irgendetwas in den Händen. Etwas Graues. Sally wurde klar: Es war der verfluchte Skorpion.

Sie schlich sich noch ein Stück näher heran, bis sie den Eingang des Schachtes beinahe erreicht hatte. Argus war so mit seinem Zauber beschäftigt, dass er sie nicht bemerken würde.

Dachte sie. Doch plötzlich schoss ein Lichtstrahl aus einem von Argus' magischen Edelsteinen und leuchtete direkt auf das Mädchen.

Der Dschinn drehte sich zur ihr um. „Wer bist du denn?“, fragte er verblüfft.

Sally schrak auf und machte auf dem Absatz kehrt, um wegzulaufen, doch sie konnte sich nicht mehr bewegen. Es war gerade so, als ob ihr Körper ihr den Dienst versagte. Die Beine, die Hände, alles schien wie festgefroren oder zu Stein erstarrt.

Der alte Mann trat aus dem Schacht heraus auf sie zu, eine Hand auf den Edelstein an seinem Gürtel gelegt. „Ein Lähmungszauber, meine Kleine“, erklärte er, als habe Sally ihm diese Frage gestellt. „Eine meiner leichtesten Übungen: Menschen in Schach zu halten. Das Licht des Steins hält dich gefangen.“

„Nein, Sally!“, schrie Alex aus dem Gang heraus.

Und Argus lachte. „Ach, das Mädchen gehört zu euch? Na, das hätte ich mir ja denken können. Ist es das, was diese Maus erledigen sollte? Ist dieses Mädchen eure Rettungsmannschaft?“ Er drehte sich zu Sally um und sagte in ernstem Ton: „Aber du kommst mir wie gerufen. Mit dir kann ich erproben, ob mein kleiner Sahli mir auch wirklich gehorcht, jetzt, im Bann des Skorpionfluches. Eigentlich sollte Alex sein erstes Opfer sein. Aber das alles macht viel mehr Spaß, wenn Alex sieht, was der Fluch bewirkt, bevor er selbst das Opfer wird.“

Er wandte sich wieder Sahli zu und hob seine Hände, so wie er es bei dem steinzeitlichen Schamanen gesehen hatte. „Sahli, ich befehle dir!“ Die Stimme des Magiers klang bedrohlich. Er betonte jedes Wort: „Geh und verwandle dieses Mädchen in eine Statue. Lass sie versteinern! Mach aus ihr ein Denkmal meiner Macht und ein Mahnmal für dich und deinen Freund!“

Zum ersten Mal, seit Sahli erstarrt war, kam Leben in ihn. Zwar blieb sein Blick leer, doch seine Beine bewegten sich. Er trat aus dem Schacht heraus und bewegte sich auf das Mädchen zu, bereit alles zu tun, was sein Meister von ihm verlangte.

Liv blätterte so wild in dem Buch, dass Bim schon befürchtete, sie würde einige der Seiten herausreißen.
„Langsam“, rief die Maus, doch Liv hatte die Seite mit dem Skorpion bereits gefunden.
„Los, streu den Sand auf das Bild“, befahl sie Bim.
Die Maus kam vor und schüttelte ihren Kopf über der Zeichnung des Skorpions aus. Und wie zuvor begannen sich die Konturen der Zeichnung mit Farbe zu füllen. Striche zeigten sich, verbanden sich, bis der Skorpion zu zappeln begann.
„Es wirkt!“, stellte Liv erleichtert fest.
Das Tier zuckte auf, dann setzte es sich in Bewegung. Es krabbelte über die untere Hälfte der Seite und hinterließ erneut schwarze Buchstaben. Liv begann bereits zu lesen, noch bevor sich die ersten Sätze gebildet hatten. Und es brauchte nur wenige Momente, dann wusste sie, was zu tun war.

Sally hörte die Worte des Magiers. Sie schaute zu Sahli, der nun auf sie zukam. Doch außer ihren Augen konnte Sally nichts bewegen. Es war ein fürchterliches Gefühl, so gefangen zu sein und völlig ausgeliefert. Sahli hatte seine starren Augen fest auf Sally gerichtet, doch sein Blick war leer.

„Hör auf!“, schrie Alex aus seinem Gefängnis heraus. „Argus, lass Sally in Ruhe. Sie hat dir nie etwas getan. Nimm mich für diesen Zauber. Ich bin es, den du bestrafen willst. Komm her, du ... du ...!“ Er seufzte, als er erkannte, dass Argus ihm keinerlei Beachtung schenkte.

Sahli stellte sich direkt vor Sally. Er hob die Arme, ganz ähnlich, wie Argus dies vorher getan hatte, dann begann er zu sprechen. Allerdings kam es Sally nicht so vor, als sei es Sahli, der dort sprach. Nein, seine Stimme klang wie die eines Roboters. Unheimlich. Kalt.

Seine Worte jedoch waren klar zu verstehen:

„In mir erwacht meine magische Macht,
durch mich, den Dschinn der Kugel, entfacht.
Ich lasse geschehen, was ich in mir vernahm,
ich, Sahlarami Ben Ibdul Haram-Cham-Cham.“

Bevor Sally schreien konnte, hatte sie schon der Lichtstrahl der Zauberkugel erfasst. Und das war es, was Liv erblickte, als sie zur Straßenbrücke gerannt kam. Sie war zu spät!
Langsam schlich sie an die Unterführung heran. Hinter einem Gebüsch, direkt neben dem Eingang, ging sie in die Hocke. Bim kletterte an ihr hoch und stellte sich auf ihre Schulter, um ebenfalls zu beobachten, was dort im dunklen Gang passierte.
Von alle dem ahnten Alex und Kadabra nichts. Sie sahen Argus auf sich zukommen. Mit einem breiten Grinsen baute er sich vor Alex auf. „Und nun bist du an der Reihe!“
Das Auge mit der dreieckigen Pupille ruhte auf Alex. Dann zwinkerte Argus ihm zu, bevor er mit einer kurzen Bewegung seiner Hand erneut zwei Gitterstäbe

verschwinden ließ. Er zog den zappelnden Alex am Arm aus dem Gefängnis heraus und hinderte Kadabra wieder daran an ihm vorbeizulaufen.

„Warte nur, Kätzchen!“, raunte Argus ihr zu. „Du kommst auch noch an die Reihe. Sahli wird aus dir eine wunderschöne Tierstatue machen!“

Er zerrte Alex nach draußen und stellte ihn direkt neben Sahli. Mit seiner rechten Hand hielt er Alex gepackt, während er nach dem versteinerten Skorpion in Sahlis Händen griff. „Dieses Tierchen brauche ich für deinen Freund. Noch jemand, der den Fluch des Skorpions unbedingt zu spüren bekommen will. Ich kann verstehen, dass du ihn berühren willst, aber du brauchst dieses Tier ja jetzt nicht mehr, Sahli. Der Fluch wirkt auch weiter, wenn du den Skorpion nicht in der Hand hältst. Gib ihn her!“

Liv fühlte sich in ihrem Versteck so hilflos wie noch nie in ihrem Leben. Ihre Finger trommelten nicht, sie wirbelten regelrecht. Alex schaute zu Sahli. Ihn so gefühlskalt zu sehen schnitt Alex tief ins Herz. Dann wanderte sein Blick zu Argus. Er konnte doch nicht

zulassen, dass der Alte diesen Kampf gewann. Er musste etwas tun. Jetzt!
Mit einem Ruck entzog Alex sich dem Griff des Magiers und sprang davon.
„He!“, schrie ihm Argus nach.
Alex wollte loslaufen, doch er schaffte nur drei Schritte, denn Argus reagierte blitzschnell. Er hob die freie Hand und schrie eine kurze Formel. Für Alex war es, als pralle er gegen eine Scheibe. Er fiel zu Boden, nur wenige Meter von Argus entfernt.
„Du verstehst es nicht, oder?“ Argus war wieder sichtlich amüsiert. „Ergib dich! Dann hast du jahrhundertelang Ruhe vor mir. Deine Freunde sind ohnehin schon verloren.“
Alex lag am Boden vor dem Tunnel und hätte heulen können vor Verzweiflung. „Niemals!“, murmelte er mit aufeinandergebissenen Zähnen. „Niemals!“
Wieder verflog das Lachen in Argus’ Gesicht. „Dann hast du es so gewollt“, knurrte er und streckte wieder eine seiner Hände in Alex’ Richtung aus. Er konzentrierte sich auf den Jungen, während seine

Hand den Edelstein am Gürtel ergriff und er eine Verschwörungsformel zu flüstern begann.
Alex spürte, dass etwas mit ihm vorging. Und als er sah, dass das Gras um ihn herum größer wurde und auch die Schuhe von Sahli und Sally wuchsen, da begriff er, dass Argus ihn gerade verkleinerte. Alex schrumpfte. Er versuchte sich zu wehren, doch er hatte keine Möglichkeit, sich zu erheben oder zu fliehen. Er war Argus schutzlos ausgeliefert.
Alex schaute zu Sahli und flüsterte nur noch: „Es tut mir leid, mein Freund."
Dies war der Moment, in dem es Liv nicht mehr aushielt in ihrem Versteck. Als sie sah, wie Alex' Kräfte schwanden, kam Leben in sie. Mit Bim auf ihrer Schulter erhob sie sich vorsichtig aus ihrem Versteck, den Blick fest auf Argus gerichtet, in der Angst, er könne sie entdecken. Doch der Magier war zu sehr auf Alex und den Verkleinerungszauber konzentriert. So konnte Liv, fest an die Wand des Ganges gepresst, unter die Straßenbrücke huschen. Sie kniete sich vor die Gitterstäbe.

Kadabra strahlte ihr überrascht entgegen. „Du bist hier!“, flüsterte die Katze begeistert.

„Kadabra!“ Liv rutschte nahe an sie heran. „Du musst mir helfen. Mach Feuer!“

Kadabra schaute sie hilflos an. „Was? Wie denn?“

„Deine Voraussagen! Immer, wenn du in die Zukunft schaust, dann brennt es irgendwo. Weißt du nicht mehr?“

Kadabras Augen leuchteten auf. Schnell wandte sie sich an die Maus: „Bim, komm mal her!“

Die Maus flitzte von Livs Schulter direkt auf den Rücken von Kadabra.

„Und nun versuch dir vorzustellen, was in wenigen Minuten passieren wird“, raunte Liv Kadabra zu.

Von draußen klang ein Schrei zu ihnen herein. Liv wandte sich um. Alex war kaum noch zu sehen in dem hohen Gras. Gleich würde Argus ihn auf die Größe einer Laus gezaubert haben.

„Schnell, Kadabra“, spornte sie die Katze an. „Schnell!“

Kadabra konzentrierte sich und im nächsten Moment

begannen sich ihre Schnurrhaare zu kräuseln, während Bim auf dem Katzenrücken vibrierte. Winzige Lichtblitze zuckten um die Nasenspitze der Maus auf, als Kadabra mit heiserer Stimme sagte: „Der Skorpion! All seine Macht!“, und im gleichen Moment zischte es hinter Liv. Das Mädchen drehte sich um und sah, wie das Gebüsch, hinter dem sie sich vorhin noch versteckt gehalten hatte, plötzlich Feuer fing. Das war ihr Einsatz. Bevor Argus das Feuer bemerken konnte, rannte Liv auch schon auf ihn zu und stieß ihn zur Seite. In der gleichen Sekunde griff sie nach dem Skorpion in Argus' Händen, drehte sich um und warf ihn ins Feuer.

„Nein!“, schrie Argus. Er versuchte wieder auf die Beine zu kommen. „Der Skorpion! All seine Macht!“ Hastig stürzte er auf das brennende Gebüsch zu. Er packte in die Flammen, suchte den Skorpion heraus, doch es war zu spät: In den Händen von Argus zerfiel der Skorpion in feinste Asche.

Der Dschinn drehte sich zu den Freunden um. Sein Plan zerfiel gerade ebenso zu Staub wie der Skorpion.

Der Fluch war gebrochen. Alex wuchs zu seiner normalen Größe heran, Sahli schaute sich benommen um und auch Sally konnte sich wieder bewegen und erhielt ihre natürliche Farbe zurück.
Argus sprang auf die Füße. Rasend vor Wut kam er auf Alex zugerannt. Doch plötzlich stoppte der Magier. Etwas hatte seine Aufmerksamkeit auf sich gezogen. Ein Licht. Ein helles Licht. Argus wandte sich zu Sahli um und konnte erkennen, wie sich dessen Lippen bewegten. Alex konnte ihn nicht hören, doch er wusste, was Sahli flüsterte: seinen magischen Schwur.
„Nein!", schrie Argus und hob schnell beide Hände, um einen Gegenzauber auszusprechen. Doch zu spät. Sahli hatte seinen Zauberspruch schon beendet. Noch einmal schrie Argus auf: „Nein! Nicht!", bevor sich ein Wind um ihn legte, der ihn erst sachte umspielte, bevor er sich wie ein winziger Orkan um den Magier drehte, ihn packte, durchwirbelte und schließlich mit sich nahm. Mit einem Mal war Argus verschwunden. Gerade so, als sei er nie da gewesen.

Alex fiel Sahli um den Hals. „Danke, mein Freund!“, sagte er und drückte Sahli fest an sich. „Wie hast du das gemacht?“

„Ich ... ich staune ja selbst“, gab Sahli zu. „Ich habe den Bannzauber erweitert. Von deinem Zuhause bis hierher. Das war nur eine Idee. Ein verzweifelter Versuch, aber ...“

„... aber es hat funktioniert!“, lachte Alex. „Auf die Idee hättest du schon viel früher kommen können!“

Sahli schüttelte grübelnd den Kopf. „Nein, das war erst jetzt möglich, in Argus’ schwächstem Augenblick. Argus hatte die Macht des Skorpions gerade verloren. Die meisten seiner magischen Steine fehlten ihm. Und außerdem war er vor Wut außer sich. Das war der ideale Moment, um ihn anzugreifen und meinen Zauber auszuweiten.“ Er schaute auf seine Hände. „Aber ich staune: Ich habe mehr magische Kraft, als ich dachte.“

Sahlis Blick fiel auf die Zwillinge. Er lachte ihnen zu. Alex folgte seinem Blick und lachte ebenfalls.

„Sahli!“, schrie Liv begeistert.

„Alex!“, rief Sally aus.

Sie fielen sich gegenseitig in die Arme.

„Hätte nie gedacht, dass ich mal freiwillig einen Jungen umarme“, sagte Sally.

„Na ja, bei den beiden ist es doch was anderes“, scherzte Liv.

Alex lachte. „Das war richtig mutig von dir eben! Und eine geniale Idee, woher wusstest du das mit Kadabra und dem Feuer?“

Liv winkte ab. „Aus dem Buch wusste ich, dass wir ein Feuer brauchen, um den Fluch des Skorpions zu lösen. Und weil immer ein Feuer ausgebrochen ist, wenn Kadabra in die Zukunft schaute, dachte ich, da gibt es einen Zusammenhang und das ist unsere Chance!“

„Wirklich toll!“, sagte Sahli. „Danke!“

Liv klatschte in die Hände. „Wir haben es diesem Dreiecks-Auge gehörig gezeigt, was?“

Sahli hob eine Hand. „Wir sollten uns nicht zu früh freuen. Ich denke, er wird sich nicht geschlagen geben.“

Alex gab ihm Recht: „Ich könnte mir vorstellen, dass er demnächst wieder mit irgendeinem Zauber hier aufkreuzt."

„Er kennt sicher noch weitere Magier, die ihm helfen könnten", grübelte Sally. „Wir sollten unbedingt Opa Aurelius' Buch weiterstudieren. Dort steht bestimmt noch viel mehr, als wir bis jetzt wissen!"

Mit einem Mal wurde Alex sehr ernst: „Ich brauche nur eine einzige Antwort: Wie ich meinen Opa endlich befreien kann."

Sally und Liv nickten. Sahli trat nahe an Alex heran und sagte: „Wir wissen, wo er ist, und auch, wie man ihn befreien kann. Liebe ist stärker als Hass. Lass uns das gemeinsam angehen. Wir helfen dir!"

„Ja", sagte Liv. „Aber jetzt wird erst einmal gefeiert!"

„Okay!", rief Sally aus. „Wir sollten eine Torte backen, die aussieht wie ein dreieckiges Auge."

Alle Blicke ruhten auf Alex. Seine traurige Stimmung verzog sich wieder. „Super Idee", gab er schließlich zu. „Hauptsache, es ist ordentlich Schokolade obendrauf!"

Sie lachten, bis eine genervte Stimme die Freunde unterbrach: „Na klar. Alle sind glücklich, nur um uns kümmert sich wieder niemand!“

Alex brauchte sich nicht umzudrehen. Er wusste, wer gesprochen hatte. „Kadabra, Bim“, sagte er. „Ihr habt ja Recht. Kommt her zu uns. Was hätten wir nur ohne euch gemacht!?“

Die Katze schritt mit der Maus auf ihrem Rücken an die Gruppe heran. Alex, Sahli und die beiden Mädchen gingen in die Hocke.

„Das war absolut mutig von euch“, sagte Alex.

Kadabra sah bescheiden zur Seite. Zumindest dachten alle, sie wollte ein bescheidenes Gesicht aufsetzen. Ganz sicher waren sie sich nicht, denn ...

„... ich glaube, Katzengesichter sind nicht für Bescheidenheit gemacht“, sagte Bim und brachte alle zum Lachen.

DER SCHWUR

Der Wirbelsturm spuckte Argus aus sich heraus! Unsanft stürzte der Dschinn in den heißen Sand der Wüste.

„Autsch! Verflucht!“

Er blieb einfach liegen. Er hatte für nichts mehr Kraft. Der Dschinn fühlte sich elend. Und krank. Und gedemütigt.

Das Blöken von Kamelen riss ihn aus seinem Selbstmitleid. Er war zu Hause. An seiner Oase! Hier würde er sich ausruhen können.

Er rappelte sich auf und trat auf etwas Hartes. Sein Edelstein. Der rote Edelstein aus dem Stamm der Palme. Aus dem Zugang, der seine Höhle versperrte!

Argus begann zu laufen. Ihm schwante Übles. Tatsächlich: Der Zugang war geöffnet worden! Er stolperte die Stufen zu seiner Höhle hinunter und das Bild, das sich ihm bot, schnürte ihm die Kehle zu. Alles war verwüstet. Sein Zuhause sah aus, als hätte es ein Erdbeben gegeben. Ein Erdbeben gepaart mit einem Tsunami, der direkt aus einem Orkan hervorgekommen sein musste. Seine Falle für unerwünschte Eindringlinge hatte funktioniert – doch zu welchem Preis! Wirklich alles war zerstört!

Nein! Nicht alles. Es gab noch etwas, das völlig unberührt in der Höhle stand: das Eisgefängnis. Argus starrte darauf. Er blickte auf den Körper, der tief in diesem Eisblock steckte. Dann fiel er auf die Knie. Mit zusammengebissenen Zähnen und einer Stimme, die sogar die Kamele draußen erneut in die Flucht trieb, stieß Argus einen Schwur aus: „Ich werde mich rächen! Hörst du mich, Aurelius? Ich werde mich rächen. An dir, an deinem Enkel, an Sahli. Und meine Rache wird furchtbar sein! Sie glauben mich besiegt zu haben! Oh nein, noch bist du in meiner

Gewalt, alter Mann! Und das ist mein größter Trumpf. Ich werde alle besiegen, die sich mit mir anlegen. Und ich weiß auch schon, wie! Ich werde ihre Gedanken verwirren. Ich werde sie gegeneinander ausspielen, so dass sie vergessen, dass sie Freunde sind. Ich werde sie zu Feinden machen. Und vor allem, alter Mann, vor allem werde ich dir ein neues Gefängnis geben. Unerreichbar. Unauffindbar.

So spreche ich, Argus, der Magier, Mitglied des magischen Zirkels, der die ganze Welt umspannt. Mich zu reizen bedeutet die magische Welt zu reizen. Und die Rache der Magie kann furchtbar sein." Er ballte die Hände zu Fäusten. „Dies sei mein Schwur: Ich gebe mir eine kurze Zeit zu Kräften zu kommen, dann werde ich nicht ruhen, bis meine Feinde besiegt sind."

Er verstummte und fiel dann zu Boden, in einen tiefen, tiefen Schlaf.

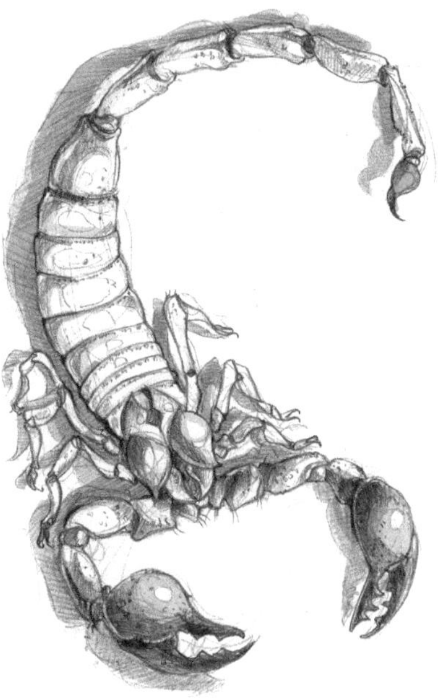

IM ZEICHEN DER ZAUBERKUGEL

Band 1: **DAS ABENTEUER BEGINNT**
ISBN 978-3-551-65113-6

Band 2: **DER FLUCH DES SKORPIONS**
ISBN 978-3-551-65114-3

Band 3: **DER ÄGYPTISCHE ZANKZAUBER**
ISBN 978-3-551-65115-0

Band 4: **DAS GEHEIMNIS DES DRACHEN**
ISBN 978-3-551-65116-7

Band 5: **DIE REISE INS EWIGE EIS**
ISBN 978-3-551-65117-4

Band 6: **DIE MACHT DES MAGISCHEN ZIRKELS**
ISBN 978-3-551-65118-1

Band 7: **AUFBRUCH IN NEUE ABENTEUER**
ISBN 978-3-551-65119-8

Band 8: **DER MAGISCHE FLUG DURCH DIE WÜSTE**
ISBN 978-3-551-65120-4

WWW.CARLSEN.DE

CARLSEN

DAS ABENTEUER BEGINNT!

Margit Auer
DIE SCHULE DER MAGISCHEN TIERE 1
Mit Bildern von Nina Dulleck
Hardcover
208 Seiten
ISBN 978-3-551-65271-3
Auch als Taschenbuch und E-Book erhältlich

IN DER NEUEN SCHULE FÜHLT SICH IDA GAR NICHT WOHL. Doch dann erzählt ihnen die Lehrerin Miss Cornfield von der magischen Zoohandlung – und Ida erhält ein magisches Tier: den hilfsbereiten Fuchs Rabbat. Auch Benni ist gespannt. Wie gern hätte er ein wildes Raubtier an seiner Seite! Dann würden ihn die anderen endlich einmal ernst nehmen ...

DIE SCHULE DER MAGISCHEN TIERE: Diese Schule birgt ein Geheimnis: Wer Glück hat, findet hier den besten Freund, den es auf der Welt gibt. Ein magisches Tier. Ein Tier, das sprechen kann. Wenn es zu dir gehört ...

WWW.CARLSEN.DE

CARLSEN